只有岁月不我欺

六六

著

长江出版传媒 | 长江文艺出版社

北京长江新世纪文化传媒有限公司
www.cjxinshiji.com
出品

能力将你带上峰顶，
但德行让你永驻那里。

■目 录

CHAPTER

1

只有岁月不我欺

CHAPTER

2

心有一束光

CHAPTER

3

放胆去爱

CHAPTER

4

做一个懂事的成年人

CHAPTER 1

只有岁月不我欺

不死就能翻盘

认识多年的老友约我聊天，让我听他妻弟吐苦水。

他的妻弟晓敏是我特别喜欢的男生。我看着他一点点从意气风发的文艺青年变成现在稳重成熟的中年，办事靠谱且才华飞扬。

一落座，吓我一跳，原本帅气的小伙儿，脸也浮肿，眼袋也大，眼球密布血丝。我关切地问："你没休息好？"他叹口气，说："压力大。"

他运营一个品牌，前几年稳扎稳打，势态良好，到了2015年股市一片红火，供不应求，趁势加快扩张速度，开了几家联营店，不料下半年形势陡转，哀鸿遍野。去库存、填补资金亏空成了当务之急，操心之下，寝食难安。

我问他亏空多少，他答两三百万。

我扑哧笑了。

他问我笑什么，我给他讲了我的故事。

去年上半年，我新戏开机前半个月，遭遇重大变故，拍戏的钱没有着落，公司几十个人，月费用二百万。戏拍还是不拍，迫在眉睫。一部戏 1.2 个亿的预算，直愣愣竖在眼前，连个回旋的余地都没有。我心焦得半个月不能入睡，脸黄发枯，有一天早上生生一口饭都吃不下了，去医院一查，肝硬化了。

发愁不能解决任何问题，只会消耗自己的体能。当机立断，戏一定开机，立刻筹钱。

幸好人生一路走来，关键点上频遇贵人，不日款项到位，择日开机。

把所有最坏的情况都考虑过了，再往后一帆风顺。导演演员配合默契，戏的质量堪称一流，很快销售出去，只欠播出的东风。

今年年前，刚飞到新加坡犒赏我去年的辛劳，欢喜过年，便接到一纸通知：戏要大改。当即就要买机票回国，被团队其他朋友劝回："大过年的，哪哪都没人了，有啥大事年后再说。"这个年，过得我心焦肝火旺，某日驾车无意中看后视镜，凭空生出几撮白发。一夜白头这样的事，真的有。

开工第一天就奔回国，准备修改方案。看团队出具的洋洋洒洒好几万字的提纲，忍不住笑了：这个年，谁都过得不踏实，白发的又何止我一人。

我跟晓敏说："你看我天天笑呵呵的，堪称段子小能手，所有事情经我描述，全是喜感，你看不出我快乐背后经历的那些忧伤、恐惧、撕裂和夜不能眠。两三百万不是大事，大家合计合计，最终都能逾越。人生就是循环，不死就能翻盘。"

昨晚见一小姐妹，不无哀伤地说要离婚了，日子很难。我笑了："谁告诉你离婚是坏事？我也离了，不是很好？"

她说："我不能跟你比，我的孩子数量是你的两倍。"

我答："你比我强多了，你的体重只有我的一半。"

我们都被眼前的困局蒙蔽了双眼，看不见远方还有朝阳在升起。

几年前，我困在情障里走不出来，长江文艺的金社跟我说："你呀，别太当真了，你就当是场游戏。"我当时有些诧异，感情如何能当游戏？

6 年过去，我豁然开朗。何止感情，我们从落地起，就在玩升级打怪的游戏。一路走来，考大学，早恋，失恋，结婚，离婚，找工作，失业，炒股票，亏钱，买房子，受骗，生娃……每一道坎儿，都是过关的必经阶段。坎儿全过完了，人生也就 Game Over 了。

别太认真，只要不死，就能重来。就怕你一时想不开，不玩了，就再也没有机会等着看自己老年有多精彩。我反正打定主意了，脸皮够厚，足以赖活，临到马克思召唤我，还要拖一拖。我以前看到白发就像看见仇人一样定要斩草除根。今年忽然就喜欢了——每一根白发，都是我青春故事的留档，你看乐嘉和秀才（六六男友）那样的，基本上就是把自己的青春全部销毁了。

不知老之将至

乐嘉问我："明年你中欧毕业了做什么？"

我答："我去美国学一年英语。"

他诧异地问："你英语这么好，为什么还要学？"

我答："我离英语好还有很长的距离，顶多是对话没问题，涉及灵魂与思想的沟通就显得很没有'被教化'。我对好几本英语原版的著作很感兴趣，可对它们的中译文本很不满意，我想学习后自己翻译。"

乐嘉又问我："那你学完英语做什么？"

我答："我想报一个心理学的博士专业。我觉得这门技艺对我写作很有帮助，也更能帮助我理性分析现象背后的成因。"

　　乐嘉惊叹："你怎么有这么大动力？我认识你的这几年，你每天都在学习！你到底想干吗？！"

　　我想在自己年老的时候，依旧能感受生命之美。

　　总在看中国的宣教片，鼓励儿女常回家看看，多陪父母说话，甚至专门为探望父母立法。这不是我要的老年——充满着弱势的怜悯，无奈的孝道重压。我不想让我儿子一想到出于礼法道德不得不来看我就牙疼，我不想让自己老了以后活在整天期盼儿孙电话的孤单里。说实话，我也不想晚上的娱乐不是看电视就是跳广场舞。

　　我在国外，见过很多老年人精气神极好，打高尔夫，办 party（聚会），老得很有风骨和气质，状态极佳。其实中国也有很多这样的老人，退休以后上老年大学，搞搞琴棋书画，写写回忆录，还做点滴慈善。

　　人在老年的时候，也许体力不及年轻人，但经验是财富和宝藏；也许记忆力不及年轻人，但智慧却无法比及——前提是你从未放弃学习。

　　学习这种能力不单是孩童必备，还应是伴随终生的。

"活到老学到老"一语，出自古代雅典著名政治家梭伦之口，直译为"我愈老愈学到了很多的东西"。很多人在走出学校以后，觉得学习这事就终止了，把时间花在打麻将、烧饭做菜和聊天上。也许这期间你觉得很舒坦，但舒坦之后，就是老年的渴求陪伴、与世脱节、寻求帮助，以及无所事事。你期望得到社会的关爱，你怕被忽略，你渴求更多的照顾，你老来寂寞。

从社会角度说，关爱老人是正确的。因为每个人都会老，每个人都怕老无所依，一个为社会奉献了半辈子的人值得被善待。但从个体角度，你绝对可以打破这个恐惧的怪圈，前提是你永远在进步。

前几天听了海尔集团张瑞敏的演讲，赞叹这位共和国同龄人的思维敏捷和博学多才。他直到今天，都以每周阅读两本书，一年一百多本的速度在学习着。在座的学生提问的所有跨时代、跨技术、跨领域的问题，他都有过思考并能提出独到的见解。

我有时候想，能跟这样一位智者在一起学习生活，每天聆听他对世界的领悟，是多么幸福的事啊！

而张瑞敏，他一定来不及哀叹年纪大了，没有用了。他更不会去乞求年轻人的陪伴——因为年轻人在争相向他学习，努力跟上他的步伐。

这样的老人社会上还有很多。

比方说巴菲特的午餐。

比方说梅丽尔·斯特里普 2012 年再度捧得小金人。

比方说褚时健在暮年新创"褚橙"品牌。

我一方面同情怜悯那些老去和即将老去的人，一方面希望自己活得不一样。

古罗马哲学家西塞罗在《论老年》中说，老年人不仅要保重身体，还应注意理智与心灵的健康，因此老年也得不断学习。"一个总是在这些学习和工作中讨生活的人，是不会察觉自己老之将至的。"这与孔子所云"发愤忘食，乐以忘忧，不知老之将至"是一个道理。

想拥有一个丰富的精神世界和果实累累的老年，我现在就要努力。

讨饭的能力

有网友致电我经纪人，说希望为我所在的公司工作。经纪人让他翻阅我微博，里面有具体招聘岗位和信息。网友说："找起来太麻烦，能发给我吗？"再要我的微信号。经纪人答："搜索公众号，加'V'的即是。"对方又说："我不会搜，你能发我手机吗？"

这样的年轻人，现在很多。有工作的意愿，却没有行动的能力，以为社会像学校考试一样，老师把复习大纲和资料发你手中，划范围，然后带着你解题，如果错了老师会让你再订正一遍。

我把这个事情发到网上，收到各个人事部门招聘遇到的奇葩回复。有应聘者不知怎么去公司，要求公司发地址截图和公交车路线的，有应聘者由父母陪伴而来的，有不会把灰扫进簸箕的，有首次出差回去不会理行李箱请老板帮忙的，有不会写请假条报销单的，还有出差票据经常找不到不来报销说父母在家给报了的。

孩子们，这都不是笑话。任何一个环节都有可能暴露你们即便走上工作岗位了，仍然还是父母怀中的小宝宝。

跟着我学习编剧的毕业生，不仅学习文书技巧，我更多地培训他们生活技能。包括削水果、煮汤羹、泡茶、整理房间。进入社会以后，你曾经的所有成绩都归于零，无论你得过什么奖项，考上过什么名校，钢琴几级，都不如你能独立生活、独立思考重要。

我曾经批评过一个演员，说："你之所以削苹果就说不出话，切菜就不能演戏，镜头里熨烫衣物嘴非得歪着，是因为干家务这样稀松平常的事，你都没做过。"

人不能在两件事上同时用功——说台词本身就要动脑，干活还要现学，你当然做不到游刃有余。演戏不仅仅拼演技，更重要的是拼积淀，厚积薄发的"积"就是来源于生活。

很多年轻人，在会议上谈明年规划、公司战略一套一套，办公桌上堆了一周的饭盒儿却不肯丢垃圾箱，寝室里刨只袜子都恨不得用手机call（打电话）出来。你一屋不扫，如何让领导相信你能扫平天下？战略最终都要落地于脚踏实地的执行，而执行才是完成目标的关键。

我儿子也有同样的问题。我昨天发现他将一勺汤没轻没重地砸进碗里，原因是大人剥夺了他盛汤的权利，把他伺候到九岁。给他零用钱，他总是随手甩在某个角落不见了，原因是他不知道钱的重要性，买东西只需张口。

我看别人孩子的问题都很准确，因为他们在为我工作。我看自己孩子的问题不清晰，因为我总把他当个孩子，尽量照顾他，给他优越的生活，来不及想他迟早有天会独立，上岗后会被老板内心里鄙视他的娘。

我问我的保姆素萍："等你老了你回老家吗？"她答："回不去了。我不会种地。"

我大惊："你是农民，你不会种地？"

她大笑着说："我也是我妈的宝宝呀！我妈大概是最后一代农民了。农民要从小培养的。认种子，识节气，会插秧，能收割。养鸡喂猪种菜开荒，没一件事不是学问。你以为仅有农民身份就天然会种地吗？从小没种惯地的，对节气就不敏感，不知道什么时候种什么，给我地也是荒。"

我想想是这样。拿一把种子放我面前，纵然我有硕士、博士文凭，只要不是农科专业的，也不会认识。哪天要是流落荒岛，连老祖宗从猿到人的看家本领"钻木取火"都不会。

现代科技文明发展越快，那些基本的生存能力也就丢失得越快。可最终，你得事必躬亲。

讨饭的能力，要从小培养，不仅仅是认得几个字，会算几道题。不从小学习和培养这些技能，纵然满腹经纶，关键时刻也不一定能填饱肚皮。

朋友说，他的合作伙伴们因年长退休，接班的是富二代。他看着心惊胆战。笔笔生意都亏，不知挣钱艰难。当年他父母为讨生活走南闯北，住黑店坐三轮，打拼下的事业交给孩子，钱没挣着，出门必住豪华五星，开车都开宾利，洗发水飞香港买，生鲜水产从法国空运。朋友说，这种糟蹋法，家业不知能撑几年。

家业撑不了几年。看欧洲现状即知。老牌资本主义国家，最近都在闹破产，希腊年轻人一天只工作 4 小时却希望发 16 个月的工资，国家没钱了就问他国贷款。没有人会长期奉养四体不勤五谷不分的懒汉，勒紧裤腰带吃苦的日子已经到了眼前。

与其成年以后悲叹世界残酷，不如早早做好讨饭打算。

勤劳的偷懒

有一种活儿叫"勤劳的偷懒"，几乎每个人都干过。

有以下几项任务让你排班做：阅读无乐趣的科普文章、打扫卫生、刷房子、写报告或论文，只有一天的时间，而每件事都需要一天的工，你选择做哪样？

绝大多数人都会选择打扫卫生或刷房子。把写论文或读你不能理解的科普文章放在首选的肯定是奇葩。

这其实就是勤劳的偷懒。你宁可身体疲劳，不愿大脑疲劳；你宁愿让旁人看见你出工了，不愿意自己花时间和力气学点真知识。

我的电视剧广告植入里，有些品牌的营销部就常干"勤劳的偷懒"的活儿。某做日用品的公司要求整部戏里出现 300 秒的演员刷牙镜头。这其实是最笨的广告方式，既好统计工作量跟领导交差，又好按单位计量算钱。殊不知电视剧里最贵的广告，永远不是那些时长的广告，而是那些天衣无缝地将产品融入戏中的广告。这样的广告只出一个镜头，就会被观众记住——这是对编剧的最高要求。他们冲着我的品牌花这么多钱，竟然对我无要求！

我认识到这一点是在中欧学习的那两年。第一年是必修课，我咬牙把一些如果不是学校要求一生都不会学的科目给啃下来。其间的痛苦和艰难的确虐我非人。但实际情况是，只要有人拿枪逼你，汽车你都抬得起。我把几门专业财务给攻克下来，成绩还不赖；我把复杂的宏观经济学给攻克下来，还按老师的推荐读了很多原典；我把以数学模型为主的管理数量方法也硬着头皮了解了个大概，还能自己画决策树。这些超乎我能力之外的学业，逼着我，我也能通过打开小宇宙成为半个门外汉。

好处是什么？

我会在制订公司新政策的时候把"帕累托改进"（经济学术语，指在没有使任何人境况变坏的前提下，使得至少一个人变得更好）拿出来翻翻，看是不是有人受益无人受损。我在投资股票的时候已经了解什么是"沉没成本"（指以往发生的与当前决策无关的费用），终于把从 2007 年捂到今天不舍得抛的股票挥刀断臂了。原本一个完全没有数学头脑的中年妇女，在经过扒皮抽筋的学习之后，真能把知识运用到现实生活中去了。

第二年选修课，我又开始犯"勤劳的偷懒"的毛病。

人手里一旦有了点自主权，一定拣容易的事干。时间也花了，钱也花了，效果却没达到。我如果对自己够狠，应该去学国际金融、投资并购、人力资源，这些都对我未来的工作有帮助。如果有一天不写作了，我还能成为一名优秀的管理人才。但是，我选择了国学、心理学等对我依旧有帮助，却明显不必费太多力气就能学好的科目。这些科目相关的书籍，我本来就有兴趣，没人逼迫我也会去读。

说到底，人的惰性是天性。肯去做违背天性的事，是因为你想完善自我。

　　我见过很多天资很高的人最终"泯然众人矣"，也见过很多小时"未必佳"的人，通过自我修炼"大时了了"。

　　差别就取决于，你每天，是否在勤劳地偷懒。

　　聪明不是人人都有。

　　努力却没有天资的区别。

善恶终有报

　　2016 年，贵州凯里 18 年前的一桩灭门案告破，破案过程很奇特，在侦办一起正科级干部贪腐案时，指纹对比过程中竟然发现这位国家干部是 18 年前命案的真凶！

　　我跟秀才感慨，年轻时候怪老天不公平，为何自己正直善良努力，老天不眷顾，却让那些走歪门邪道的受福泽庇佑。人到中年，则怕老天太公平，一时三刻的懈怠、不恭敬、思想开小差，不知会不会被记入生命账簿。

　　我跟秀才说："那个杀人犯，已经把自己掩藏得那么好了，为何非要为点小钱搭上后半生？"

　　秀才笑答："他这一生，从起心动念杀人的那一刻起就已经全盘皆输。即使他杀人后改邪归正立地成佛，内心的忏悔以及掩藏的秘密也会折磨得他寝食难安，直到生命最后一刻。而如果他扬扬得意于自己未被发现，不思悔改，那么走惯捷径的人，面对困难就会习惯性剑走偏锋，阳关大道是不会走的。老天对他的惩罚远胜于当年即刻被抓。因为那时他一穷二白没有享受过，没有家庭，没有社会地位，失去并不痛苦。时隔18年才被缉拿，有过自由和幸福后再被打回地狱，对他的惩罚要更重。"

前几天医道传承课上，有同学问，这个时代那么多坏人得志，坑蒙拐骗，风气不正，我们如何能保持自己出淤泥而不染，且活得不痛苦。

我说："孩子，你错了。我与你的观点正好相反。这个时代也许不是历史上最好的时代，但肯定不是最坏的时代。你知道孔子所在的时代，子弑父、臣弑君有多频繁吗？墨子曾论述：国之与国之相攻，家之与家之相篡，人之与人之相贼，君臣不惠忠，父子不慈孝，兄弟不和调，此则天下之害也。"

那个时代比我们现在黑暗多了！

任何一个时代，都是有光明有黑暗，因为"阴阳者，天地之道也"。但是，社会之于我们，就好像正衣冠的镜子，空谷的回音，我们是什么样，我们得到的回应就是什么样。

我一路走来，没有给领导送过礼，没有拍过谁马屁，没有讲过违心的话，没有做过后悔的事，但也没有受过不公平的对待。恰恰相反，我总是为社会给我的回馈远大于我的付出而惴惴不安。

前两天秀才丢了一个包，他很快找回了，而另一个朋友丢的包竭尽全力也找不回。她感叹说："你运气总比我好一点，日子久了幸福指数就比我高。上天总厚待你。"

我笑了，说："如果地上掉一沓钱，不知失主是谁，也没人看见，你捡到后，会怎样处理？交给警察，还是认为年关到了，老天给你一笔外财以弥补你本应得到却没发的奖金？"

她不说话。

我说："你现在就在遭受良心的拷问。"

我再问她："深夜在美国的社区马路上开车，法律规定停车标前一定要停够五秒，马路上空无一人，你会不会停？"

她更不敢回答了。

我又问她："你和朋友在自己小区的饭店里聚餐，你喝了一口酒，你会把车开回家吗？在完全不上公共马路的情况下？"

她大笑说："别说了，我知道你会步行回家，明天再过来开走。因为我看见过。你神经！"

我说："我不是神经，我是有敬畏之心。在天知地知，你不知我知的情况下，我尽量保持'信'。"

所有的"信"聚集在一起，就是好运。

我其实也丢了钱包没找回来过，我其实也经常生病，我其实也遭遇过情感的挫折，我其实什么都和你一样。

但我从不把这些生活中正常发生的事，当成是社会对我的不好，却把每一次幸福归结于上天对我的厚爱。

每一次都选择做那个美好的自己，每一次都不灰心，镜面人生就这样出现了。

天道好轮回

　　在上海中医药大学分享学医心得，听众席上一个女学生抛给我一个问题。

　　她问："六六老师，你怎么看待公平与公正？"

　　我笑了，说："咱能聊点轻松的话题吗？比方说马兜铃是否亚洲肝癌高发的主要原因。"

　　她说，她写的文章被别人抄了，她生气而别人得意；她辛苦准备考试，别人作弊，她没拿到奖学金而作弊的人拿到了。她说，公平公正，她放眼望去看不见。整个社会，插队的、走后门的、行贿的、耍横的，都得到了他们想要的好处，最终受伤的都是守规矩的、有底线的和脸皮薄的好人。

　　"每个老师都要我们做自食其力的好人。做好人的回报在哪里？你怎么理解公平与公正？”

我想了一下，跟她说："我在讲座开始之前，跟校长聊天，校长说最近政府给了大学 95 套经适房，因为在上海这个城市，这样高的房价，哪怕教师甚至是教授都买不起房。经过几年努力，教师待遇从年均不到 10 万升到近 20 万了，然而房价涨得更快。

"我们演艺圈，小鲜肉，年方二八的，收入过亿的很多，让他们读一段古文，估计大段字都认不全。最终，促进社会进步和发展的，是小鲜肉还是教授？这就是一个典型的问题。这样的收入结构是否公平？从短期看不公平，从长期看，绝对公平。"

绝大多数小鲜肉也就红火 5～10 年，他们人生的巅峰在自己最漂亮、最力壮的时候就截止了。也许有人擅于理财不乱消费，不吸毒、不嫖娼、不滥情，能够把早年攒下的钱平安花到老，甘于过辉煌之后的平凡日子。但绝大多数早年扬名立万者，后来日子过得都不好。即使生活看起来比绝大多数人富裕，但内心深处的失意与空虚是年收入 18 万的人不曾体会过的。

　　那些医生教授就不一样了。他们像冬天的蜡梅般一枝独秀，多少学者医生，尤其是中医，最美好的时光在晚年——别的老人跳广场舞、与年轻人在地铁上抢座位的时候，他们学生膝下缠绕、病人求之不得，内心的喜悦与满足亦是绝大多数老人不能感受到的。

　　我绝大多数情况下沾枕头就能睡着，最近却睡不太好。原因是，某日开车在高架桥上，看见一只小狗张皇失措的眼神。它误入歧途了，无论怎样努力地穿越公路，都到达不了安全的彼岸。我心头一惊，然后迅速开车驶过。

　　之后我内疚很久。

　　我本可以停下车来，打开双闪，指挥交通，然后把它抱上车，带它到安全的地方。但是我没有。

　　这不是我的责任，也不是我的错误，可我本可以做得更好。

　　仅因为可以做得更好却没有做到，我就会内疚失眠。

　　你觉得那些要横的、走捷径的、抄袭的、行贿受贿的，夜里躺在床上，能安然沉睡吗？

我记得有个自首的犯人说："妈呀！睡进牢里就踏实了。"

这就是欠与还。

××早年被判抄袭，但依旧是很多人的偶像。当时有公平和正义吗？

到如今，那些早年蒙蒙昧昧的孩子已为人父母，他们有思想有追求了，可以独立思考，再看他的作品，都选择离去。

他现在过得好吗？

孩子，你现在问我，世界上有公平和正义吗？

我告诉你，有的。

不要只看眼前。

把时间轴拉开，最大的公平和正义是心安。

《黄帝内经》里说："志闲而少欲，心安而不惧，形疲而不倦，气从以顺，各从其欲，皆得所愿。"

写作不是为了闻达于世而是为了记录心迹，备考不是为了奖学金而是为了了解自己的实力。每一件事都做到你心目中的最好，安然入睡，没有人怨恨你，没有人暗杀你，坚持活到百岁而耳聪目明，你就相信最大的公平和正义是心安了。

跑得快不如走得远

冰心对铁凝说："你不要找，你要等。"

这话是冰心在获悉铁凝没有男朋友以后的回答。

昨天偶然遇见庄先生。他跟我聊起他的生平，我突然就想起冰心的这句话。

庄先生从事服装业二十多年，从年少无知总为错误买单，到现在瞄一眼报表就知哪一项不对，人员哪一个不配岗，错误越犯越少，人也越来越本真。年轻时候做事，一拍脑袋就干，干了就亏，服装行业是库存能拖死人的行业。李宁和美特斯邦威都因库存而一蹶不振，而七匹狼去年一年就关了 500 多家店铺。

他说："你知道 500 多家店铺的库存是多少吗？服装不像酿酒行业，今年卖不掉，留下还是资产，时装一个季节过去卖不掉，真是当白菜扔都没人要。"

每个人都干一行怨一行。有一段时间老庄钱挣够了，回想苦不堪言的操心和绷紧的神经，想换个舒服的行业做，去国企公司当 CEO。去了以后发现民营企业老板绝对不适合做国企老板。且不说国企的老职工，工作倒是勤勤恳恳，但思维模式固化，跟不上市场，年纪大了连"洗脑"都困难。哪怕已经看到了问题，必须挥刀断臂地"刮骨疗伤"，在国企也是行不通——这不是你的企业，你什么都做不了。

"吃哪碗饭，天注定。劳碌命，就不要想清闲的事。我以为我换个单位就换了自己的脑袋，结果发现，你要休息，大脑不允许，每天都在发现问题、思考问题、解决问题。"

搁置了两年，老庄无奈之中又回到自己熟悉的服装领域。

我问他："你都走这么久了，客户都跑了，你怎么生存？"

他说了一句话："钱不是找来的，钱是等来的。"

市场上每天这么多人在找客户、找资源、找关系"扎钱"，却都忘记了修内功。

他说："你把工厂管理好，员工带好，质量抓好，不愁客户。"

果不其然。他按部就班地把机器组装到位，把老部下召集回来，把工人培训好以后，客户的电话都来了："老庄，准备好了吗？可以开工了吗？我这有订单找你。"

最近，国际奢侈大牌 Loro Piana（诺悠翾雅）找到老庄，让他负责中国市场订单的承接。

他的经历我感同身受。

我的同行们，有不少混圈子。参加各种活动会议，跟导演演员吃饭，每天谈剧本，谈规划，混人脉。也有人跟我说："马上有个高峰论坛的聚会，你要不要去？"

我答："不去。"

好剧本不是圈子里的人能够给你的，好剧本是趴在生活里观察社会，然后一字一句敲出来的。不认识制片人、演员或导演都没关系，不认识生活才有关系。有了好剧本，无数的钱会来找你；有了好人脉，没剧本也白搭。

这两天在中欧做毕业模块，模拟市场竞争。很多参加过这种模拟竞争的人都会有共同体会：无论你当初制定了怎样清晰的战略，在执行过程中都会跑偏——干得不好有生存压力，想转行；干得太好有霸主诱惑，想吞并。做着做着，就完全偏离了最初的轨道。

而那些最终能夺得大奖的，既不是最聪明的，也不是最逢迎的，却是不折不扣、按部就班、稳扎稳打、忠于自我的。

其实各行各业都一样。所有人的成功，都是汗水与心血堆积出来的。那些靠伎俩或是靠时运的人，即使大火，也是昙花一现，又如焰火一般，只亮刹那。

我和老庄最后的感悟是：人行一世，是口碑的积累。也许前三年五年你混得不如旁人风光，可是坚持做好人，坚持做勤奋的人，坚持做有信誉的人，三十年五十年以后，你一定居于人上。我们不比谁跑得快，我们比谁走得远。

林肯有句话：能力将你带上峰顶，但德行让你永驻那里。

"所以动心忍性，增益其所不能"，做最好的自己，等钱来。

女不强大天不容

我写《女不强大天不容》的冲动起源于我的一个媒体朋友。她于我有知遇之恩。她在我家乡的晚报工作，早在2003年《王贵与安娜》流行网络时，她便要求在家乡报纸发表。

我天生是个危机感极强、有生存恐慌的人，对我而言，不存在"居安思危"，我天天都"危"，每天汗毛倒竖着捕捉各种变化并提前做好预警预案。2003—2008年是传统媒体的好时光，可以说是鼎盛时期。我2009年劝姐姐脱离纸媒，到影视文化行业里来，从事文学编辑或策划的工作，她果断拒绝。

她的理由是：我这个行当不错，工作也驾轻就熟，孩子刚上初中，我离不开家。

2009 年，微博推出，纸媒忽然就被挤占了一大片市场。大家的阅读习惯从过去的门户网站新闻 + 报纸，无缝转到新浪微博。无他，这里的信息更新速度远高于其他媒介，更优越的地方在于"刷存在感"。很多新闻的可读性不再是新闻本身，而是后面的跟帖。你我他，每个人都是新闻的制造者、传播者、参与者。这就是我们现在提到的社区。新闻不再是"闻窗外事"，而是变成"时势造英雄"。很多"大 V"的影响力远胜报纸。

2011 年，我再劝姐姐来新媒体产业，跟她宣告传统传媒时代的终结，她还不信，说："我就不信了，我还干不过我们报社，我熬到退休总可以吧？也就不到十年光景。我没必要把前半生的投入归零啊！"

那时候我还没有读中欧，不会解释"沉没成本"和"先发优势"，因为理屈词穷，我没能说服她跟我走。

2012 年，微信推出，很快就成为目前最红火的即时通信工具和信息交互场所。

报纸越发显得孤寂了。它仿佛垂垂老朽之人，独自站在舞台之下，不能进入到移动互联网时代的嘉年华里来。世界很残酷，你曾经是一统天下的"大拿"，转瞬间，你就没有一点容身之地了。

《新闻晚报》于 2014 年 1 月 1 日起停刊。停刊之风从开始"吹皱一池春水"到后来掀起血雨腥风。再关慢点，亏损就更大了。

姐姐所在的晚报，现在不停缩减版面，不停裁员。有能力的人，不等被裁，就都流淌到互联网去了。2014 年是"主编消失年"，不仅是纸媒的主编卷铺盖奔向互联网的解放区，连互联网的总编如"老沉"之流，也卷铺盖去拥抱移动互联网时代。

在文化产业爆发的大风口，你可以看到无数上市公司转型或参股到文化产业，只要沾着影视、娱乐、手游的，股价都非理性翻番。

姐姐再想来文化公司，已经没她的位置了。当年入职的小家伙们，现在已经是行业的领头羊。

姐姐有些凄凉地说："看样子报社要干不过我了。等不到我退休，它应该已经关了。我后面做什么？"

我说："跟我一起写戏吧，就写你在报业这十年。"

其实，我们每个人一生最少一次，要面临这样的窘境。人未老，业已远。

我在文化产业里都感觉自己是老人了。小家伙们浑身干劲，创意无限，也许鲁莽也许浮躁，但他们才是新生代，未来世界的样子，是他们在刻画。他们带着我们玩，我们已经感激不尽了。我经常说，所谓的票房，是他们在给我们赏饭。

我最近写的一篇文章广为流传——《为老年，我时刻准备着》，其实是写给我们这些面对危机的中年人。有多少女性，在四十岁的年龄上，事业一败涂地，家庭岌岌可危，人又惶恐又无助又缺存在感。好多女性跟我感叹"无可奈何花落去"，好像女性这一辈子的功能职责，只在生养带娃上。单位说不要你就不要你，老公说抛弃你就抛弃你，怎样逃脱被选择的命运？

所以我写了这部戏。

《女不强大天不容》。要想人到中年还能保持选择的权利，我们从落地起的每一天都要努力，努力学习，努力恋爱，努力工作，努力结婚，努力生娃，努力升职，努力团好家庭，努力成就自己。你连梦里都不能打盹休憩，你只有咬着牙，拉着纤，背着娃，扛着家，托着工作伙伴，把自己锻造成阿童木、钢铁侠。男人娱乐的时候你在学习，男人打球的时候你在学习，男人泡妞的时候你在学习，男人睡觉的时候你在学习。你把所有的时间，每分每秒都用在进步上，到中年，其他人都哀怨的时候，你终于可以喘口气。你还可以把你曾经视为依靠的男人一脚踹掉——如果他不进步，跟不上你步伐的话。

一想到有这样一天，你疲倦的时候就会忍不住地笑出声来，像打了鸡血一样继续奔忙。错，你不必打鸡血，你就是鸡血。

传媒与互联网的关系，不是什么新鲜的话题。它存在千百年了，当年手耕与青铜器，长矛与火炮，马车与蒸汽机，国企与私企，这样的故事，隔几十年就上演一次，没什么新奇。你觉得新奇，你觉得怪兽来了，是因为你从来不懂温故知新。毁了你前半生的，不是进步的时代，而是不进步的你自己。

只有岁月不我欺

　　最近有朋友想投资我的戏，我说："你千万别投，我不想害你。"他们问我为什么。

　　我说："一个充满梦想的行业，能生生被资本毁成一个充满铜臭的行业。"

　　我在YPO（青年总裁组织）的一次小规模活动演讲中说，这个世界因为全球货币的超发和资本力量的驱动，已经变得物不所值。20世纪80年代拍电视剧《红楼梦》，耗时三年，演员、导演、主创吃住在一起，从举手投足、琴棋书画开始培养戏感，大家每月就拿十几块的午餐补贴，拍出一部直到三十年后再看仍是经典的好戏，陈晓旭过后几十年都走不出林黛玉这个角色。现在谁会去看新版《红楼梦》？

而最近一部戏，以上亿的价格签下女主九十天的时间，要拍 50 集以上，其中男女主角能凑一起的时间不超过五十天。你们相信这样的戏未来会有留存的价值？

我们天天都在生产垃圾。有的人生产的是物质垃圾，我们在生产精神垃圾。物质垃圾毒害环境，精神垃圾毒害思想。

有多少孩子有未来当明星的愿望？但有多少进入这个领域的孩子只是因为想当一个演员？入行的人脸整得跟一个模子里刻出来的一样，谁和谁都分不清，光把时间投入到外貌的拾掇上了，却忘记装裱内心和素养，大概是因为这一部分不是靠花钱就能买到的吧？

我说我想写一部律政或法政戏，完成民主法制社会的公民教育。所谓公，就是不以私的角度出发，以有利于大多数人的视角去看待社会问题乃至涉及自身利益的问题。要么写一写股市，看看在 M2 超发的情势下人性的紧张与贪婪和利益的再分配。

别人问我："能写点温和的吗？都这么大年纪了，说点家长里短不好？"

我看完精简版的《女不强大天不容》就放弃了现实题材创作。

我说："那我写中医吧！写人在成长过程中自我认知的逐步提升和对责任的承担。这个足够安全。"

投资人不干了，拿出一大堆数据，说："这个太小众，没有市场。现在流行魔幻和穿越，你能整个这种吗？"

我说我剧本都没有出，你如何知道好与不好？

投资人说："我们不看剧本，看趋势。趋势对了，大风口上猪都能上天。"

好吧！在这个争当猪的年代，不愿意做猪是很另类和需要勇气的。

我写点故事，只能在双重夹击的缝隙中，按照大家划定的圈，捎带夹点私货。

这个行业已经背离了我从业的初衷。

2013年，有"资本家"跟我说把我未来十年打包买走，给我非常多的钱，然后带团队快速复制戏，把钱收回来。

我拒绝了。我不太明白，我这一生要这么多钱干什么？

钱能买来私人飞机、大豪宅和他人的羡慕，能买来你内心的安全感吗？

最近听马云的演讲，感觉他太疯狂了。整天想着怎么不落后，怎么让企业成长，赚更多的钱。

这个世界，在绝大多数人肉眼可见中是由阴阳二元组成的。比方说，白天黑夜，男人女人。阴阳平衡才是健康。总是白天或总是黑夜，孤男寡女，都是失衡的。你每天进食是阴，第二天排泄是阳，有进有出就是阴阳平衡。连着三天只吃不拉你就要去看医生了。我很好奇，那么多人赚了钱还想再赚，也舍不得花，这跟便秘有什么不同？这种焦虑得治啊！

我的老板跟我说："快把股份协议签了，好发你钱。"

我想了一周，回他："敬谢不敏！我不要了。"

他大吃一惊，问我："你跟这么大一笔钱有仇？"

我答："没有。我只是跟与我付出不相匹配的钱有仇。我不想成为金钱的奴隶，进而被你各种捆绑，为还账委屈自己。"

我这一生，过的每一天都是我自己选择的。

我年过四十，不可能为点钱把后半辈子的快乐搭进去。

我不愿意我的写作因为资本驱动而背离创作本源。

当年我写作，是因为我自己觉得快乐，而读者也感到高兴，同时我还能养活自己，这是双赢的事情。我吃喝有度，不贪得无厌。让我为收视调查表写作，那是不可能的事。我兴趣爱好转移了，我去学医了。

老板问我："你为什么对学医那么感兴趣？这跨度有点大！"

我答："它符合我对本源的追求，我因探索人和宇宙的一一对应关系而快乐，病人也因为我的用心而受益，这是我一贯的追求——双赢。我没有变，变的是环境。"

我跟我的老师说，我曾经听过一个钢琴家最美的演奏，他没什么名气，是个天生智障儿。他的曲调简单易懂：演奏《蝴蝶曲》，你会看见蝴蝶在你眼前飞舞，唾手可得；演奏《泉水曲》，你会听到瀑布敲击岩石的声音。你不用看曲目就知道他在演奏什么，只需听一遍，旋律就会朗朗上口，符合《黄帝内针》的针道：易学难忘。

这就是音乐的本源。很可惜，真理总是掌握在少数人手里，甚至是我们称之为白痴的手里。世界各国钢琴大赛表演的曲目都以炫技为主，都在标榜高级，估计听一百遍你都哼不出来调儿。

道就是这样迷失的。人自以为聪明，却越玩弄越繁杂，越看不懂越偏离本源。

我只做一件事：追根求源，正本清源。我左右不了大环境，但我左右得了我自己。

"佛"这个字，不是指具象的佛陀。而是指觉知、成道、解脱和全然的自由。

在"全然的自由"这一点上，我早已实现了。

我们每天都在自欺欺人——商业模式、安全保障、新概念……

只有岁月不我欺。

　　那些曾经热闹一时的，与本源相违背的人造的疯狂，最终都会被岁月淹没。

　　经不起岁月考验的事情，不去做，做了也无益。

追求生命实相

吕世浩老师每天闻鸡起舞，一早就会在书院的群里与大家分享探讨一句经典。昨天，他的分享如下：

"孟子曰：'人有鸡犬放，则知求之；有放心，而不知求。学问之道无他，求其放心而已矣。'

"孟子说：'人丢失了鸡和狗，就努力想找回来；丢失了自己的心，却不知道去找回来。学问之道没有别的追求，不过就是把自己失去的心找回来罢了。'"

有同学问："这里的心，是指善心吧？孟子说：'仁是人的（善）心，义是人的（正）路。放弃了他的正路而不走，丢失了他的善心而不寻找，可悲啊！有人丢失了鸡狗还知道去寻找，有人丢失了善心却不知道去寻找。求学请教的道理不在于别的，在于找回他丢失的善心罢了。'"

　　我对这段话的理解，更同意吕老师的翻译，并忍不住赞叹孟子在两千多年前的描述，竟然与今天的世况别无二致！

　　所谓的健康，一定是身心合一。身心分离肯定是不健康的。很多人早就在忙碌中把心丢了，从造字就可以看出，"忙"是"心亡"，这个"亡"，是"亡羊补牢"的"亡"。身体的各种忙碌，并不是心要去的方向，心就逃亡了。

　　嵇康在他的养生之道里谈道，名利、喜怒、声色、滋味、神虑精散，此为养生五难。世人为了虚幻的物质名利，丢弃了出发的本心。很多人在丰衣足食的环境里缺乏幸福感，并不会因为有大房子、豪车而快乐，抑郁症就是典型的丢心症，早期症状是失眠或者排泄失常，往后发展就是对生活不感兴趣，想蛰伏逃避，不爱社交，总是焦虑，没有安全感，说得好听点叫忧患意识，居安思危，难听点就是为看不清楚未来而忧心忡忡，总觉得前有陷阱后有追兵。

　　很多西医认为这是身体某种激素失衡，补上或者抑制就好了。事实上，西医对治疗抑郁症并没有好的方法，药物可以让人睡眠，却不能挽救人于不安之中。

高管男性有抑郁症的原因就八个字：心有不甘，力有不逮。人长得丑敌不过心里想得美。在一堆乱象中分辨不出实相，上各种商学院、听各种讲座、刷各种大牛言论，越听越恐慌，感觉 A 与 B 说得不一样，走阳关大道还是抄羊肠小道？每天沉浸在酒会、私董、学堂中间，忙得分身乏术却依旧心无所属，怎么努力都不能让自己满意。

大哥，你的心丢了。别跟我说压力大，压力大的原因是不知决策或前路是否正确，若心里明晰方向，多大的决策都不过是向前迈进的划桨，不会给你造成任何压力。

人要明白来到这个世界的意义——是来追求生命实相的，不是来体验幻象的。一切接近本真的实相都会让心安定。

什么是生命的实相？

所有的宗教都在传递生命的实相。这些宗教的创立者是洞察宇宙运行规律的人。他们都在传递一种声音：简单，奉献，慈悲，还原你初生的模样。这个慈悲，不是你赚了一百亿以后心有不安或者向他人展现你也有好的一面，捐个万儿八千，而是时时谦卑有爱，像港大的"食堂三嫂"，她这样常怀悲悯之心的人，一生都不会抑郁。所以到老依旧保持童心是最难得的，返璞归真、抱朴守拙都是上上的境界。

你设计出一百个前人未见的商业模式，整出一千个人都看不明白的花哨PPT，吹得天花乱坠，给各路人马散布成功的路径，都不是正道，因为很多人在夸夸其谈的时候，自己都没想明白。更有甚者，自己都不信自己的梦想，不过是把故事编圆了上市骗钱。

你了解你的心吗？你的心要得很简单。你随手帮助了一个人，别人都不知道，但你内心的喜悦是难以言状的。你这时候就是身心合一的。这是良知，是不用学习就天然懂得的正确方向。合于道你就会愉悦满足，背道而驰就会心无所安。

这个世界，最有趣的地方在于大道至简，但一堆人绕着简单越玩越复杂，玩到最后把自己玩丢了。你买个新屋还要暖房，花要浇水，草要施肥，买了手串还要不时拂拭包浆，可你却很少花时间在养你的心上。

把放出去四下逃窜的心收回来，好好养一养。

走近天地境界

洪晃曾说，如无意外，这个月就退休了。因为女儿跟自己不亲，有快乐或忧愁更愿意跟父亲分享，这不是她追求的母亲生涯。

我的一个朋友说，他有一天穿过机场安检门，看见前面有个父亲，脖子上骑着儿子，父亲在整理行李，儿子俯下身亲吻父亲头顶。那一刻他泪流满面。他一路忙着忙着，孩子已经上大学了，竟然错过了这些美好的瞬间。钱有了，声名有了，却丢了儿子的童年。

我说，中国有好多老人，都在弥补自己年轻时犯的错误，他们的方法是含饴弄孙。然后他们的孩子又像他们年轻时一样错过了自己孩子的成长。

成龙大哥，这一生风光无限，尽享荣誉，却在老年时被儿子"扇耳光"。我观察过网友们的反应,绝大多数人认为这是果报。房祖名是个好孩子,只是生错了家庭。成龙曾说过,他唯一一次去学校接孩子还没接到,他去了小学,可儿子已经进初中了。

我们这一生,幸福的根源在哪里?每个人都没有深究过。大多数人都认为忙忙碌碌是幸福的,而生活本身不允许你闲着。忙着忙着,就忘却初心了。忙碌,是为了更好地生活。

冯友兰曾经说过,人生有四重境界。第一重是自然境界,饿了要吃饱了要拉,这都不用教;第二重是功利境界,除了活着,人还想干些什么,要被别人知道,要被社会认可。温饱以后要富足,富足以后要权力,有权力以后还要影响力。

影响力是个什么东西?影响力是别人相传的口碑。你的行为方式得到大众认可或趋同,那么它肯定是美好的,是值得绝大多数人追随的。于是又来了第三重境界,道德境界。很多人功成名就财务自由以后,达不到道德境界,因为他们被名利攻陷了。

　　"能力将你带上峰顶，但德行让你永驻那里。"这句话不是我说的，是林肯说的。知道的人不多，所以大多数有能力的人昙花一现，过去了，修得再好些，也就一世富贵，平安辞世，却不能常驻历史，不能在时间长河里留下印记。

　　要在时间长河里留下印记，就回到冯友兰先生说的第四重境界，叫天地境界。其精神充塞于天地之间，"与天地齐寿，与日月同光"。这句话看起来很难理解，其实非常简单，就是这个人是否经得起岁月的检验。圣贤都经得起。老子、孔子的思想，直到今天，你读起来，就好像他们从未离开过。西方的很多原典，你要想追随人类的发展，依旧还要回去反复研读，仿佛与那个已经逝去多年的人对话。

　　这样的境界便是天地境界。

　　有天地境界的人，其实是没有时差的。你的子孙和后世人，一直在与你交流和沟通着，那你活着和死了其实真没什么分别，或者说，你从来没死过。你的孩子不需要你的陪伴，妻子也不需要，因为你无处不在。有天地境界的人，生活在他身边的人苦不自知。

没有天地境界的人，就得用道德的标杆要求自己，言谈举止是否合乎"道"，有了这个标准，你自然就会亲贤臣、远小人，置身世外而乐在其中，你也不会忙碌，因为绝大多数不值得你忙碌的人或事，你会分辨。

最苦的是身在功利境界的人，你每天呼朋唤友，你每天高朋满座，你每天被很多人需要，你每天没有时间，你的能力让你达不到无为而治，你做不到出世入世，你分不清此岸彼岸。于是，你婚姻反复，情感反复，子女对你不亲，你对父母愧疚。你总是活在奔忙又无限愧疚的日子里，你觉得身边的每个人都得靠哄。你已经拿出你全部的时间和精力了，可貌似对你不满的人还越来越多。

所以，如果你还在这个圈子里打转，只能说明你修行得还不够，你对人生的认知太浅薄。你如果还有时间差，是你德行没有提高，要靠时间来弥补。

吃得苦中苦，方为主持人

　　第一次做综艺节目嘉宾，感觉很新奇。对方花了大价钱，头等舱来回，配专门艺人统筹，还允许我带一个助理。如此高规格的接待，让我受宠若惊。

　　等做完节目，觉得他们对我怎么好都不过分。原本以为只是耗脑力，去了才知道，这是用生命在做节目。我对孟非等常年奋战在综艺节目的主持人感到大惑不解：是怎样的热爱与坚持，才能让他们年复一年，日复一日站在同一个舞台上而不显疲惫，还能不重复自己说绝了词典的话？

　　早上 10 点开始化妆。我眼皮快被化妆师给夹薄了，第一次卸妆睫毛就掉了一半。想起高健健说的，主持人接受这种"凶残"的化妆，很快眼角就会下垂。化完妆驱车一个钟头去录影棚。我到的时候，乐嘉已经在棚里串场了。毕竟是他的主场，我来"打酱油"。

说是两点开始，结果到三点才通知我们上场。因为紧张，从迈进影棚的刹那，我就想上厕所。想着一趴（一部分）故事也就 20 分钟，怎样都能忍过去，便坐定。

试话筒，试灯光，试投票机。

满场活蹦乱跳的熊孩子，叽里呱啦不听招呼，直到幼师冲出来，一阵"狮吼"，孩子们才各就各位。

音乐起。

乐嘉背广告。

一遍，两遍，第三遍他自己和所有观众都笑趴。

只有我对他充满同情。那些广告词毫无意义，还不能现编，一个字都不能错，他在后台，对主持内容的紧张，远不如广告词多。若换我主持，大家今天第一趴都来不及录，光看我磕磕巴巴念广告了。

第一趴，上嘉宾。

嘉宾张口没声音。忘试她的音了。退回，再来一遍。

放 VCR，听嘉宾陈述，小朋友们开始评判。

然后投票器被他们拍坏。现场修。

再重新来一遍。

投票。

一切正常，有小姑娘哭，说自己拍错了，要求重来。

鸡皮疙瘩四起，预感到上厕所不是眼前的事。

跟小朋友们对话。

驴唇不对马嘴。

我翻翻台本，汗就下来了。怎么他们讲的故事跟我手头拿的故事不是一回事？

小朋友们在台上开始吵架，还有互相踹的。

乐嘉脑门一层亮油。补妆。再补妆。

本来挺悲情的故事，妈妈们被台上孩子们上不着天下不着地的评论给逗乐了。

这戏没法演了！

全场即兴发挥，集体无意识跑题。

我能控制得了不上厕所，我控制不了小孩的话。

乐嘉得费好大力气才能把孩子们给绕回来。

好不容易第一趴录完,我扔下台本站起来刚想去厕所,听到导演喊:"准备!第二趴。"

已经过去一个半小时了。

四趴完成以后才能去尿尿。四个半小时以后!!!

这些孩子难道都穿纸尿裤了吗?

要不是紧张,加上端正的坐姿帮助我出一身汗,间接排了尿,我肯定已经昏死过去了。

下半场开始之前的休息,我和乐嘉一样不进米水。怕麻烦。中间还得接受媒体采访。我看乐嘉不时撕一包药粉塞嘴里,声音弱到发不出来,忍不住担心地问:"你是靠吸毒提气的吗?"他快被我气死:"营养粉!"

我终于知道主持人为什么都这么瘦了,他们都是为工作需要不吃不喝不拉不撒的神兽!我若改行当主持人,无须管住嘴迈开腿,一天站个十几小时,又蹦又跳又哭又笑的,给我吃龙蛋也不会长肉啊!

我看看表,跟乐嘉说:"你要注意,这都9点了,孩

子们马上就要困了，等下一时三刻无缝躺倒睡台上你就完
蛋了。"

乐嘉也忧心忡忡。

事实证明，我是那个要昏过去的人。孩子们到午夜还
精神着呢！我们都累得不想说话了，人家还蹦跳着举手发
言。

好不容易结束，我欢天喜地要离开，被通知要开总结
会！同志们，你们工作的动力从哪里来？我已经在台上笔
直坐了七个小时了！

开完会，拍完宣传花絮，坐一小时车回酒店。洗漱完
毕已经半夜三点，明天早上 10 点准时化妆。我睡了个最
近最完美的觉，感觉像死过去那么沉。所有矫情说失眠的，
说什么跑步拉板车都不管用的，全送去当主持人！

我以前跟人家说我写书呕心沥血，胖是我的职业病。
现在才发现，上帝疼我，给我选了一样最轻松的工作。

第二天早上，周群赶来看我，我听她声音有些鼻塞，
问她咋了，她说昨天录节目冻着了。棚里温度只有十几度，

还要穿露肩夜礼服。我同情地说："他们把温度调得低，是怕你妆花了。"

周群乐了，说："你真外行。他们把温度调得低，是怕机器温度高烧坏了。主持人是生产资料里最便宜的部分，你这分钟挂了，下一分钟就有人挤来接班。机器好贵的。"

我哈哈大笑。

那一年我去剧组探班，看海清在人工浇的瓢泼大雨里一遍一遍摔倒，冻得瑟瑟发抖，摔得鼻青脸肿，哭得稀里哗啦，就觉得演员这一行不是正常人的选择。且不说一年里不晓得背井离乡去几个山沟，还要忍受情感折磨，挣的都是辛苦钱。

现在又发现主持人的日子也不好过。

那些看起来光鲜亮丽、轻轻巧巧、大富大贵的职业，背后有多少辛酸泪是你打着麻将、喝着小酒、抠着脚丫羡慕的时候看不见的。

不说别的，考察自己有没有出名的潜能，先憋泡足够大能当镜子照自己的尿试试。

对自己有要求，才能进步

　　我家保姆素萍，从第一天到我家做小时工，我就很满意，此后逐步买断她的时间，直到现在全职服务。我喜欢她的原因是从没见过这样高素质的中国保姆，我以前在新加坡请的是菲佣，我认为素萍的服务水准比有口皆碑的菲佣还高。

　　我出门前，她已站在门口拎着我的包，手里搭着相配的围巾等候。起初她还为我系鞋带，我自己不适应，跟她说我能自己做，她才歇了这道工序。我若坐沙发上工作，她会抱来小毯子围住我的腿，顺便检查我穿袜子没有，没有就给我穿上。家里午餐变换不同花样，还会煲香港人才会煲的汤。衣柜整理得好像要参加展览，以至于朋友到我家来，任何时候我都欢迎人家开柜巡查，360度无死角。

素萍是我外借朋友们最多的帮手。

我一直好奇，如此高素质的素萍是怎样训练出来的。

素萍告诉我她前东家白小姐的故事。

素萍早年的雇主是个台湾单身女人，在上海滩很有名头，产业做得很大，光房子在上海就买了 N 套。她因工作忙，需要保姆照顾家，于是找到素萍。用素萍的话说："我跟她过了七年魔鬼般的日子。"表现在，白小姐每天出门前，冰箱上已贴了即时贴，列出素萍今天要做的活儿，不仅是从里到外，从上到下的顺序，甚至连细节都点到：马桶要怎么刷，刷完以后的刷头怎么处理；衣服要怎么叠，什么品质的衣服要如何熨烫。白小姐时不时就甩回家一种从未见过的新电器，要素萍研究怎么用，大到专业杀菌吸尘机，小到美体美疗仪。素萍是流着泪一边查英文字典，一边读说明。据说一个寒夜，素萍都睡了，白小姐突然来了一个电话，大发脾气，要素萍去把床上三个热水袋归位："你挪动了一厘米，与我早上放置的位置不一样。"

素萍讲到这里时，我大感惊讶，忍不住赞叹素萍的耐受力："这样你都不辞职？"

"她有一句话让我坚持了下来。她说：'你要是从我这里毕了业，你一生都不愁饭碗。'"

素萍说，她很感谢白小姐七年的熏陶，从养生饮食到果汁红酒搭配，从注意服务的细节到安排家庭消费，甚至什么场合说什么话，什么场合不说话，雇主的眼神是什么意思，她要为宴请做哪些准备等。

"七年苦吃下来，我不再讨厌白小姐，我倒很倾慕她，她要是不严格要求我，我怎么会从一个乡下丫头变成走到哪里都受欢迎的员工？"

即使在国际大都市上海，素萍现在都算高素质人才。她被有洁癖的白小姐培养得眼里揉不进一点污垢，走到外面看见地上有痰都会掏出餐巾纸擦干净。她曾经跟我说白小姐的笑话，白小姐不仅管家里的保姆，还管小区的保安，见人家保安走路抽烟要跟过去训人家"站没站相，坐没坐相"，看见保洁，要领人家去公共卫生间亲身示范把厕所打扫一遍，告诉人家要规范。

我大笑不已。我很好奇白小姐的身世，后来听素萍说起，真是惊得下巴都掉下来！

白小姐以前不过是一名护士！

由于自身的勤勉，再加上对自己的高标准严要求，她迅速成为护士长，在一家私人医院服务最难伺候的大爷。有一次，一个私企老板看上她的严谨，问她愿不愿意去上海管理自己的企业，白小姐，一个中专学历的护士，竟然答应了。

白小姐初到上海，对老板嘱托的企业一百个头大。懒散无序是企业给她的最初印象，而这是她无法忍受的。她像训练素萍那样，每天给各部门经理写即时贴，贴到人家门上，一样一样检查，无论食堂还是厕所，她都有规范的管理标准。她把自己对生活的洁癖和工作的效率带到管理中去，不出两年，企业就扭亏为盈。我猜想，她一定是个挑毛病专家，总能看到细微之处的不合理。一个小护士，就这样坐稳几家企业的高管，最后自己做了老板，生意做得很大。

　　她管理过的工厂，现在离开她依旧高效运转；她管理过的员工，现在离开她依旧出类拔萃。

　　我看到今天的素萍，感到很羞愧。素萍说，我是她服务过的主人里最随和的一个，不挑不拣，啥事都能凑合。她学的十八般照顾人的武艺，在我这只要伸个指头就够用，时间再久些，一些服务理念都要遗忘了。若以后素萍再换东家，她一定不会记得我在她生命中对她有过什么刻骨铭心的影响。这其实是我当老板的失败。

　　那些对自己有要求的人，才会进步；那些对员工有要求的老板，才是对员工负责。同理，那些对老公有要求的老婆，才是称职的老婆。

　　我初见秀才，看见他干事井井有条，开车严格守序，感觉自己像淘到宝，得多严格的老婆才能让老公分得清四十几块抹布的作用且从不用错啊？！同时又觉得愧对偶得爹后面的老婆，她若收到一个完全没被教化的懒散男人，一定会恨恨地骂我枉为老婆十几年，对社会一点贡献都没有。我除了成就自己，对周围人的帮助实在是太小了。

闲话成功

这个社会，每个人都在谈成功。首先我们来定义一下什么是成功。

挣很多钱？有社会地位？改变现状？还是有很多男人或女人仰慕你、爱你？

有个朋友问我："你知道如何在五分钟内判断出你对面的人是哈佛毕业的？"

答案是：他自己会告诉你。

成功不是昙花一现，不是流星划过天空，不是刹那即永恒。

成功应该像越野马拉松，长达百多公里的不松懈。

成功应该像种地，春耕秋收，明年复明年。

成功应该像呼吸，它成为你生命的一部分，直到死你才会放弃这个功能。

　　能够伴随你一生，到盖棺论定，甚至身后千年都自带的属性才叫成功。

　　那怎样才能获得这种经久不息，不间断，通过努力能够切实实现的成功？

　　首先，自然。它是你的自然属性。它不是被父母要求来的，它不是被环境逼迫来的，它不是跟风、人云亦云。

　　美国湾区有个 IT 男，从小喜爱拉琴，父母考虑到音乐非顶尖不能谋生，且他学习成绩不错，高考建议他学 IT。后来他在初创公司任职，拿了原始股票，上市后过上优裕的生活，他在大多数人眼里就算成功了。可他到了中年发现，这种在别人眼里还不错的生活不是他喜欢的！他重新开始拉琴，进入业余演出团体，再进入专业团体，这才是他心目中的成功。

　　没有兴趣的成功，不会让你有成就感、幸福感。

　　在成功道路上攀爬是非常艰难的。它会遭遇撞车——很多人选择和你相同的道路。一将功成万骨枯。我是为数不多的活着就能过上靠卖字为生还有名有利的作家之一。

绝大多数作家，像曹雪芹那样，孩子病死无钱医治，自己感伤成疾，郁郁辞世。肯定有画家像毕加索那样，在世的时候，作品就被卢浮宫收藏，但更多的画家像梵高——死之前只卖出一幅画。现在回顾历史，梵高是不可多得的奇才，可他在活着的短暂时光里困苦不堪，灵魂不安。这肯定不是我们想要的。

通往成功的道路上还会遭遇龙卷风。你们知道马车工艺登峰造极是在什么时候吗？汽车问世前的那段时期最为辉煌。很可惜，当汽车来临，那些一流的马车制作工匠就失业了。

成功道路上还会有断崖式坠落。比方说数学天才伽罗华，他死于为爱情而战的决斗。你说你一介书生，好好的去抢一个武士的女人干什么？要和他比试也比做算术这样无公害的事情呀！他的早亡留给后世尚未完成的手稿，让数学家们忙活了好几百年，本来是他多花几天工夫就能弄完的作业。

　　成功的道路是充满艰难困苦的。如果你只看见成功以后显赫加身的楷模，恭喜你，你落入了成功的陷阱里。大多数人是，没成功，已成仁。

　　所以，获得广义上的成功是小概率事件。

　　除了广义的能被拿出来展览的成功，在如今这个年纪上，我对成功有另一种狭义的，也更容易和持久的定义。

　　成功是一生都睡得安稳。你不会因为做了违背良心的事、说了虚伪的话、许下实现不了的诺言等天天都在考验你的事而失眠。

　　成功是健康。你能够把父母安乐地送到另一个世界，还不给子女添很多麻烦，不让朋友们担心挂念。

　　成功是接受自己的选择，哪怕它短期内不能获得回报，是大多数人不理解的，是没有人追随的孤独。你能像夜里品红酒一样独自安然享受属于你的世界。

　　成功是随心所欲不逾矩。你想做的任何事情都伤害不到他人，而你自己强大到他人也伤害不了你。

　　成功是有知心朋友和相爱伴侣。

很多人问我，非要结婚才能获得幸福吗？

不是的。如果你是特蕾莎修女，你爱整个世界，整个世界也肯定爱你。

但，我还是希望你结婚，有家庭，因为这个世界最难摆平的人是你自己。你的伴侣就是照亮你所有缺陷的镜子。你能够跟这个冤家和平共处一室而且越看越欢喜，你首先在自我修炼上就成功了。

最后的最后，没有一个人能够定义你的成功。任何一次考试，任何一句批评，任何挫折的锤炼，都不能决定你生命的本质。你的成功，只有你自己能定义。你满意，你就成功了。

有一部小众电影，说的是一门不合时宜的乐器，叫唢呐。它快断代了，这种民乐学习的人越来越少，多么美妙的技艺都抗不过电子音乐的来袭。

电影里，吃不饱饭的师父带着吃不饱饭的徒弟仰天吹奏最难的乐曲《百鸟朝凤》。

徒弟问师父："都没有观众，你为何吹得那么高兴？"

　　师父得意地说："唢呐是吹给自己听的。"

　　成功，是你内心对自己的肯定。

　　富贵不淫，贫贱不移，威武不屈。做你心中的那个英雄，你就成功了。

CHAPTER 2

心有一束光

人类是上天设计的游戏

同学有一天说肩颈痛，我看了看，根据不多的经验，感觉他心经心包经堵了，揉了揉，捏了捏，再扎几针。第二天他跟我说好多了，真不是肩颈的问题！

打那以后，他偶尔会来我这儿扎针。

我行医都半年了，病人越来越多！家里有个放礼物的角落，每两周就要清理一次，都是病友带来的谢礼。晚上笑说："秀才，咱开个茶叶铺吧！全国各地的优质茶叶都在我家开会中。"

同学说，他相信我的医术，主要是因为相信我的解释。

我趁给他扎针的空当，还能把他心头的症结给聊结了。是聊结，不是了结。上一次是解决他发怒的问题。一面扎太冲、足三里，一面告诉他不赖他脾气大，是肝经有阻滞。

一听说发怒是病而不是性格问题，他立刻卸下武装。我帮他分析易怒的原因，找解决的方法，让他再有怒气就脱袜子按揉从太冲到行间一线，怒气自消，把他给说乐了——人要是有从气起到脱鞋袜捏脚的工夫，气也生不起来了。

这次再来，又有新问题。跟我说他为琐事烦恼，有强迫症，不解决便不能入睡。

"求全求美怎治？"他现在已经习惯把各种与生俱来的缺陷归结于病。一旦是病，就可以找大夫治疗，心头重荷已卸。

我笑了，跟他分享我最近的心得。

自打学中医以来，我发现辨别阴阳、分清虚实是看病的重点。你需要把各个浮现在表面的症状一一剥离，才能看见真正的病因，病人的主诉往往把你带到沟里。有人跟我说肩颈疼，结果问题出在手腕，有人跟我说总扭脚，实际是腰错位。人的感受和实际的病症，往往相去千里。

终于有天，我在辨别的过程中悟道了！

如果说人类是上天设计的游戏的话，上天其实没设计几道关卡。对肉身的考验不外乎生老病死权钱色。生老病死是每个人都无法选择的，唯有"权钱色"三关，足以让人类在迷宫中转几十万年不得脱身。大家首先认识不到每天被困住的需求是性、心、身哪个层次的，因为无法分辨，于是沉迷其中。

比方说，你正在面对的事件百分之九十其实都是虚幻的。评判真实与虚幻的标准是，过后是否能书写进你人生的记录本。你这一生，与人发生过性关系的次数，超过千次。你有很多次为睡与不睡，睡到与睡不到伤神，也为睡后刹那的欢愉沉醉，但是，上千次的性关系里，能被你深刻记住过程和容颜的估计不到十次。于是，990 次都是虚幻的。你为绝大多数的虚幻，搭进去金钱、时间甚至牢狱之灾和性命。若有人真为一时欢愉蹲了班房，在班房里的懊悔，一定是真实的。因为你会铭记终生，它会书写进你个人的历史。

又比方说，你小时候会为丢了二十块钱而懊恼，那种痛心疾首非常深刻，可过十年再看，二十块钱显然不是你财产的全部，它变得微不足道。那一刻的痛苦，再回首已成为笑谈。

再比方说，我和偶得爹生活23年，其间数次为感情纠葛烦扰困苦，多年不得解脱。如今迈过这个坎儿，那些曾经侵入我生活的女人，都没有书写进我的生命，全部云淡风轻飘走了，而真正留在我记忆中的，是他与我曾经在年轻时热烈相爱过，以及他给了我一个可爱的孩子。只有这两件事是写进我生命的。

从能够分辨出真实和虚幻的那一刻起，我忽然就放下了，卸了许多心头的担子。

我最近这部戏，一直因为各种事情从去年到今年都不顺利。我却从未因此烦忧过。因为我已经看得见，未来我的生命不会因为一部戏亏或赚，播得好或播不好而改变轨迹。它们都不会留下痕迹。我无须为幻象耗费精力。对于这一切暂时的困窘，我一面做积极的努力，一面告诉自己"谋事在人，成事在天"，因为知道是幻象，所以不纠结。

我也不会再为情所困。我知道情的结果，最后不过是分与不分，睡或不睡。这都是幻象，而真正能够留在我心中，真实不虚的，是某日我遇到一位精神契合者，那一刻我们心灵相通，思维相融，灵魂上有共鸣，彼此认同。这种超越性别的快乐远超累个半死，忙几个小时，三五秒的欢愉。

　　吕世浩老师有句话："什么是人生？人生于我，不过就是'借假修真'。"

　　事件是虚拟的，感受是真实的。

　　只为真实的情感动心忍性，人就会变得简单快乐。

渴望拥抱这世界

我初到新加坡时，人生地不熟，大太阳下端着地图惶恐地辨别方向，总有人福建话、广东话、马来话、英语试一遍地问我要去哪，并热心地把我送到目的地。我一下子就爱上了温暖的坡县。回到上海，每看到外地人看天看地看路牌，我就会主动帮忙，甚至绕道引路，希望他们像当年的我一样，初到异地因为本地人的友好而不害怕即将到来的新生活。

我31岁高龄怀孕，担心便秘，担心每次孕检，担心摔跤会不会把宝宝摔傻，八个月时又面临早产……孕期的每一天对我都是考验和煎熬。网上那些有经验的妈妈们把各种宝典拿出来与我分享：便秘要喝乌梅汁，羊水穿刺伤到孩子的概率只有千分之一……我感觉肚子里怀了个百家姓宝宝，集天地之精华和日月之光辉，以及所有献计献策的妈妈们的期盼。等安全生产完，我把经历和各种小偏方搜集起来，写成《孕妈妈宝典》，安慰那些与我当初一样忐忑不安的准妈妈们。

2003年起，我在网上行文，收获了很多粉丝。那时候的粉丝还形不成经济，书没有卖掉多少本，却收获了好多陌生的网友。去美国游玩的时候，我像快递包裹一样被他们一站托往另一站，招待我吃喝拉撒，还陪我逛街。我和好几个网友结成了姐妹般的友谊，偶得去美国夏令营，她们比我这个亲妈照顾得还妥帖。有一天我上飞机前不知怎么心慌慌，就认真写了份遗嘱，把我的财产连同我的娃都交代给她们。飞机落地时自己笑了，想她们其实跟我没有一点血缘关系。最近一位网友的妈妈在美国生病了，我以最快的速度通过朋友圈联系上最好的医生，空中指挥调度把阿姨送过去。

她作揖，说："我怎样报答你的恩情？"

我笑着回礼："这是你过去几年放在我这里的存款，

也是我未来说不定透支的保单。我们要互相亏欠，我们要彼此纠缠，像找不到接头的项链，解不开也舍不得砸断。"

小时候，妈妈辅导我做功课，帮我缝制书包，在我发高烧的时候不眠不休地照顾我。现在妈妈衰老了，我周末过去洗洗涮涮，教她用智能手机和平板电脑，在她病了的时候端茶喂饭，还像小时候那样，拿块手绢给她擦完嘴，让她给我表演一个飞吻。

我笑着跟妈妈说："有没有觉得时光是镜子，亦是圆环，那些曾经做过的事，明日便会重现，只是角色倒换。"

其实我内心里很怕，有一天她会像婴儿那样缩在我的怀抱，对世界迷迷糊糊不明不白。

《大学》的第一句是：大学之道，在明明德。第一个"明"，是指明白；第二个"明"，不是指光明的道德，而是指日月每天升起坠落在天空划着太极圆。生生不息才是苍天之德。循环往复生生不息的原因是什么？

是爱。

如果爱不能传递，一切都归于零。我爱你，你不爱我；我哺育你，你不反哺我；我分享给你，你不回馈出去。这个世界就没有形成闭环，就是个不能圆满的单线，我们就看不见从终点到起点的勃勃生机。爱能够被传递和延续，便是至上之德。

每个人都要经历少年、中年、老年，古人以束发代表成年，现代人将十八岁定义为抚养的法律年限。但社会上没有一个人是以头发或年龄为标志，到那个时点便如工业产品般合格出厂的。有些孩子年幼时便需要关爱身残的父母，而有些人年过三十了还吃父母的血汗。

所以，长大不是法定的年龄，不是买票的身高，不是学历的上限，长大的标志是从被别人爱，渴望被爱，到开始有能力爱别人，渴望拥抱这世界。

有一天，你萌发出念头，把曾经收到的爱无私地播洒出去，你想点亮他人，你愿意先伸出手，你对博世之大相看两悦。而当你所有的财富，不是冷冰冰的银行卡里的数字，却是任何时候半夜里拿起电话翻出号簿拨出去，电话那头的人便会与你心意相连，感你所感，痛你所痛，爱你所爱，美好的人生才真正向你敞开。

一切都是最好的安排

一次聚会，我谈笑风生逗得全场大笑不已。一位女士问我："你这么好的性格，缘于你父母的影响吗？"我沉吟了一下，答："是。"女士有些惆怅地说："像我这样父母早亡的家庭出来的孩子，这一课是不是终身缺失？"

我当时没回答她。现在我想跟她说，每个孩子从出生起自带人生 bug，无可修复。很多人都担心父母离异会不会对孩子产生不良影响，家庭贫困会不会对孩子有不良影响……你们真的觉得父母双全、家庭富足的孩子就是蜜糖泡大的吗？

我到现在都不习惯跟我妈独处。前两天我与她分别数月相见，两人坐一张沙发上，她盯着我仔细看，看得我浑身发毛，暗知不妙。果然，她张口幽幽地说："你的下巴拖得像鸬鹚一样长，老态龙钟。"我的心情立刻坠到谷底。

"脸大到两巴掌都扇不满""你看起来比 × × 还老""这样的体型也有勇气出镜""你看人家的女儿多苗条"……类似的话，我从小听到大。

我的心头新伤叠旧伤，以至于早恋、失恋、离异……一切的不顺我都归结到我妈对我的"残害"上。我曾经哭着跟我妈说："我到底怎样做才能让你满意？我到底是不是你亲生的？！"

我都很大了，仍旧被我妈用恶毒的不像是跟亲人讲话的语言骂出家门过，离家出走以后我真的到旧居大树下的垃圾桶边看看——我妈在我小时候跟我说那是她捡到我的地方。我哭着蹲在垃圾桶边上跟垃圾桶讲话，问我亲妈为何把我扔掉，让这个女人把我捡回家虐待我。那会儿我要是稍微有点脑子就该知道，我跟我妈长得很像。

我妈和我是天生的对头。我对外人，只记别人对我的好；而对她，只记她对我的不好。旁人听电话就能听出我在跟我妈说话，我跟房产中介、金融骗子说话都客气有礼，唯独对我妈三句就开吵，全然不顾形象。因为我妈每次给我打电话，问候语就是："你怎么到现在都……"

电视里都是颂扬母爱的，谁家"慈母手中线"了，谁家慈母在孩子遇到挫折的时候软语宽慰了，反正我家我从没见过。好多朋友在是否离婚的问题上，纠结最多的是：父母离异对孩子的成长会不会不好？我总是冷冷回答："你以为双亲健在的家庭，母亲从小照料你长大，你就会感恩戴德吗？把自己的日子过好，比没有勇气离异，假托孩子为借口，让孩子终身负累要强多了。"

我一直觉得我母亲就是没有勇气的典型代表。而且其借口永远都是："要不是因为你们这两个讨债鬼……"我每次内心里都默默回一句："我又没求你生我。"

我一生都在为摆脱她的瞧不起而奋斗，一生又在为超越她的想象而努力。我总想着，有一天我要爬到她一生都遥不可及的位置，我想去哪里就去哪里，我想做什么就做什么，我想不回来看她就不回来看她，我与她的纽带淡漠了，她就不可能再伤害到我。

然后，那个假期，我遇见了 Jenny。

我习惯于每个暑假都带着孩子出去旅行，路上会碰到那么多有趣的人和事情。每一个瞬间都比和我妈在一起有意义。

我在英国湖区的田园里，碰见赶着羊群系着围裙的 Jenny。她在羊群中间冲我挥手中的三角巾："要下雨了！快找个地方躲雨！"

我抬头看看天上的太阳，觉得她神神道道，笑问她："你如何知？天气这么好！"

她答："我不知，羊知。你看，头羊带着它们往圈里走了，你这样走下去，不出十分钟就要被雨浇了。要不跟我去家里坐坐？"

我高兴地随她去了一处典型的英国农舍。

英国农民的家里竟然也很有艺术气息！屋子装修得简洁漂亮。天哪！书架上还放着黑格尔、哈代和一系列看着就很高深，不像是农民阅读的书籍。

我问她："这些书是你读的？"

她说："是啊！很多是以前读的。有一些还是我的教科书。"

我好奇地问："你是学什么的？"

她答："哲学和神学。"

我的眼睛瞪得老大。

我无法把眼前这个女人跟列夫·托尔斯泰、本杰明·富兰克林等学哲学、神学的伟人联系起来。她看起来太平凡了！她看着我的表情，笑了："不像？"

我有点不好意思。

她说："我有一个智力残障的哥哥。我妈妈在我小时候经常跟我说，她有一天会离开这世界，我是我哥哥唯一的亲人。"

我大笑。她疑惑地看着我。

我说："你妈妈的身体里一定住着一个中国灵魂。我以为这样的家族嘱托只有中国才有。我妈永远分不清我的家、我弟弟的家和她的家其实是三个家庭。我妈觉得我们都是一家人。"

　　她答："每一个母亲都是一样的。不论是哪国人，都希望那个强壮的孩子可以照顾弱小的。而这样的区别在动物界是不存在的，所以我们才是万物之长。我小时候特别想逃离这个家庭，读高中就要求寄宿，大学在德国读的。我不想背负哥哥这样的重担。我也不想在乡村生活。我的博士学位，是在美国读的，离这里很远。"

　　"那你为什么回来？"

　　"这是一个哲学命题：我是谁？我最终想明白了，我读书的目的是弄清楚我是谁，我为什么来到这个世界。人不可能没有因缘关联地独立存在。你的每一次选择，每一条轨迹，都与原点有关。我走得越远越不安，我并没有因为读了很多的书就找到归宿，直到有一年夏天，我回来与家人一起生活，并在这里找到爱人，他是我小学的同学，我才知道，我想逃离的，其实是我一生都抹不去的印记。上天已经为我们做了最好的安排，就在我们眼前。阳光照射在我们身上，身后是阴影，你是在意甩不掉的阴影，还是在意温暖你的阳光？"

我豁然开朗。

我的今天，我所有的一切，都是母亲给予我的最好的安排。我总觉得她挑剔我、伤害我，却忽视了她曾经有能力去读大学，为了照顾我们而留下来的爱。

她很深切地爱我。在我学习的时候义无反顾地为我带小孩；在我生病的时候一边骂我不当心一边为我做饭；在我离异的时候叨叨我各种不好，让我意识到婚姻的不幸不是一方的责任；在我拿到硕士文凭请她去观礼的时候，虽然依旧不开笑脸，却端着我的文凭看来看去，问："这个是教育部承认的正规文凭吗？你什么时候去读博士啊？"每一次看似责怪的更高要求背后，都是她对我幸福圆满的期待。

我只注意她照在我身后的阴影，却看不见迎面而来催我上进，直到我有今天成果的光明。我能有今天，想抹去妈妈给我的烙印是不可能的。

我忽然很冲动地拉着 Jenny 的手，说："谢谢你！因为你，我找到了这次旅行的意义！"

　　旅行的美好在于，那些永远不会再见的人蓦地走进你的生命，把一句上天想传达给你的话说出来，然后带走不谢。那些与你没有任何交集的人，与风景一起被你封存进记忆，裹进生命画卷。

你不是精神病

学《伤寒论》，带我们的老师是一位个性极其鲜明的教授。说话做事"嘎嘣脆"，出口尖锐正中靶心。缘于以前学工程的背景，思考问题深邃，把张仲景的"伤寒"读成理工类教材，让我这样的文科生一筹莫展。我张口提问的时候他会挥手打断，说："想清楚再问！你的问题是思考不多而提问太多。"我哈哈大笑。

昨天讲第106条和第124条，文中皆提到"其人发狂者，瘀热在里"的蓄血症。老师问："你们从这两条中读到什么？"

大家答："太阳病要是久治不愈，就会从表转到里，从卫气转到营血……"

老师一挥手，答："错！你们思考都不深邃。从这条里，你们要读到医圣的医德。医圣描述症状的时候，提到发狂。发狂就是今天的精神病。他为何用'太阳病不解'来描述精神病？因为他有拳拳的爱心。我们今天的医生，动不动就说病人是精神病，是抑郁症，一旦给病人扣上这顶帽子，病人即便恢复了，也很难走入正常人的生活。社会对精神病的警备甚于传染病。就业、恋爱、与人相处，都让病人感到困难重重，一个病人即使痊愈了都不能步入正常社会生活，你们觉得这算是把他的病治好了？

　　"所以我们医生，不要轻易给病人扣上'精神病'的帽子，一个人一生哪能不遭遇挫折？遭遇挫折的时候，各方面机能因心理变化而失衡是正常的，遇重大事件没有应激反应，那是神仙。失恋的时候失控，丧亲的时候哀痛，事业溃败的时候消沉等，都是正常的，给病人时间恢复，辅以治疗，慢慢就会好转，逐渐摆脱。什么是辨证施治对症下药？失恋的人，你天天给他介绍漂亮姑娘，一个比一个吸引人，让他发现'旧的不去新的不来'，爱情是延绵不绝的，他有了重新再爱的欲望，病自然就好了。他本来就很消沉，医生再判断他有精神病，谁都不敢给他介绍对象，周围人都孤立他，时时注意他的一举一动，站也像病躺也像病，他的病就不会好了。"

老师讲了一个病例。说他刚看病不久的时候，来了一个相貌娟秀的姑娘，由于是父亲带来的，他就敏感地觉得有问题。正常看妇科崩漏，哪有父亲带着来看的？说是崩漏三年了，不能停止，全靠"吃 21 天避孕药，停药 7 天"这样的方式控制月经。老师给她调了一段时间后月经正常了，老师就说："你不用来了，一切正常，女孩子家常泡医院做什么？"

姑娘叹气说："医生，我的病是好不了了。我得的是精神病，起因是男朋友抛弃我了。他抛弃我的时候都没有告诉我原因，让别人带给我一句话后就消失了。我不知发生了什么事，我如果有不好，你告诉我，我改正；你如果有困难，我们一起面对，忽然就走算什么？

"我那天晚上就疯了，把家里所有一切都砸了，父母按都按不住我，只好把我送进医院。从那时起我就崩漏不止。从医院出来，大家看我的眼神就变了。我给单位阿姨倒杯茶，她当我面接过去，等我转身她把杯子都扔了。我要做事，所有人都来抢，让我歇着，他们做。我就变成了一个边缘人，只拿工资不做事。医生，我是一个精神病人，我不会好了。"

医生笑了，说："你不是精神病！你是多么善良的姑娘啊！长得又漂亮！我是结婚了，不然我都会追求你。你父亲是做什么工作的？"

姑娘答："某单位大领导。"

老师说："那太好了！我从外地来这里工作，人生地不熟，没有朋友和依靠，很多事情办不了，想麻烦你父亲帮我解决个问题，我把电话给你，你让他给我打个电话。"

姑娘干脆地答应了。中午父亲即致电过来，老师约他晚上来办公室聊。

姑娘父亲也是爽快人，来了便问："医生你有何事？我能帮一定帮。"

老师说："你是官员，懂得有权不用过期作废的道理吗？"

姑娘父亲答："犯错误的事不能做，其他都可以。"

老师说："我想让你利用职权把你姑娘调到别的地方工作，陌生城市，没有人了解她，重新开始生活。如果恰巧碰到心上人，就在那里结婚生子。她是个好姑娘，男朋友抛弃她，给她带来这样巨大的打击，她都没说人家一句不好。好姑娘值得生活更好的对待。"

姑娘父亲错愕："你找我，不是因为你的事？"

老师一笑："我一个医生，不升官不发财的，无所求。"

姑娘父亲抱拳而去。

几年后，姑娘抱着娃笑盈盈地站在老师面前。

一本医书，读的不仅是医术，更是医理，还有医德。治病只是表，救人才是本。

辨证施治，那个"证"，是表象后面的人，是施治者的心。

一本医书，读无穷尽。

爱是宇宙间第一能量

以前看过一篇文章，标题党起名为《爱因斯坦写给女儿的信》，爱因斯坦在信里说，研究物理这么久，依旧没有弄清宇宙运行的奥秘，生命即将终了，发现宇宙中最大的能量是爱。所以，爱别人，爱自己，付出爱，得到爱。

标准心灵鸡汤吧？我都没看到底。

我刚离婚的时候，内心充满凄惶和怨恨，那个男人毁了我前 23 年的记忆，我以后连相簿都不能翻了！

不知有多少女人像我这样亲手摘下墙上结婚照的相框，个中滋味只有那双手知道，我一直想扔掉，但碍于"名人"的身份，怕被好事者捡去做文章。

我妈对我前夫恨之入骨，发誓绝不让他踏进门看儿子，否则打断他的腿!

所以前夫在离完婚后两个月第一次来看儿子,我爹提前好几天给我妈做思想工作,主要内容是:别吓着偶得,要给孩子一个成熟的成人世界。

我妈没给前夫好脸看,但能做到躲在屋子里不照面。

我很快有了秀才。

秀才是上天派来拯救我的真神,他也是这样评价我的。两个离过婚的人彼此体恤地搀扶着渡过难关。都没经过正常家庭的磨合,我俩到今天都相看两不厌,极少吵架。每次要爆发的关头,非他即我,总会适时收口不难堪。

这是一段成熟的成人关系。

我以前特别忌讳听到前夫的消息,不听不看不传。周围人也小心翼翼地绕着话题。偶尔听说他又成家了,又有孩子了。他数次要求带儿子回去过夜,被我拒绝。我总觉得万一他家失火,一定没人救我的儿子。我就一个独子,绝对不能冒险。

还记得第一次爷爷奶奶要求接偶得去玩,我说不出拒绝的话，但也不情愿。奶奶跟我交接的时候，我都记得她的表情，两眼望天不看我一眼。奶奶是记恨我的，因为我坚决要离，不惜任何代价，没有听"再熬几年，等他老了就归家了"的老人言。何况我很快就有了秀才，谁都能看出我这是把回头路都堵死了。

爷爷倒是一如既往地待我，喜欢还是喜欢。

日子久了，因为自己过得好，很多仇怨就淡忘了。我们还曾经坐一起吃饭。某次偶得爹来接偶得，带着他的小儿子，"叫大妈妈！"

我哭笑不得，这是什么称呼？

我爹妈也原谅了那个深刻伤害过女儿的男人。因为女儿越过越好。我收入越来越高，名气越来越大，学位越读越多，我没有因为一次婚姻的失败，就让父母经受接二连三的打击。他们终于从担心变得放心。

我在外地读书，秀才陪读，爹妈家有事，前夫还会去帮忙，有时周末我不回，儿子的各种兴趣课，他爹也会接送，大家承担，带娃不累。

秀才经常调侃我："一个成功的女人背后，只有一个男人是不够的。"

去年开春，偶得爷爷遭遇一场车祸，数月卧床不起。偶得一放假，我就带着他去看爷爷，还把他的压岁钱带去，给爷爷买营养品。

初见爷爷，眼泪都要掉下来，以前那样健康灵敏的爷爷，躺在床上瘦瘦小小的，手脚冰冷。遂请我师父去诊病，我配了药寄去。

奶奶再见我，也笑盈盈的，如初见那样，给我准备了早餐——我爱吃的豆浆肉包。

这个月，偶得爹工作调动去了异国他乡，爷爷奶奶身边没人了。

我犹豫了许久，欲言又止。

秀才懂我，说："你有话便说。"

我说："我想把偶得爷爷奶奶接到家里来陪偶得。他们身边有亲孙子，家里有保姆，日子会好过很多。我们去外地读书也放心。你要不同意，我就不提了。"

秀才立刻点头："这是最好的安排！但你要做好你妈的思想工作。"

我征询我妈的意见，谁知我妈高高兴兴地点头："这样是对偶得最好的教育，让他知道善良美好，不仅仅是课本的宣传。"

现在，皆大欢喜。

我师父问我："你为什么这样做？"

我笑说："师父啊！你知道吗？我刚离婚的时候，有一天偶得爹情感受挫，跟我说莫名其妙的话，说万一他不在了，要我照顾他爹妈。我当时悲从中来，凭什么呀？关我什么事啊？！我跟秀才说，希望他早早结婚，这样我就免责了。认识我很久的闺密嘲笑我说：'不会的，有事就得找你，因为你就是个负责任的人！'"

我已经四十多岁了，不再害怕承担，所有应该的不应该的，有缘走到我面前，我都欣喜接纳。我并没有因为付出而失去什么，却得到很多朋友，很多快乐和内心的力量。我越来越自由了，发自灵魂的。

　　忽然间想起那篇心灵鸡汤，也许真是爱因斯坦说的：
爱是宇宙间第一能量，拥有它，逢山开路，遇水搭桥。

妈妈的人生哲理

我这段时间忙翻天，就很少回去看父母。

有时候是故意不去看他们，因为怕被他们询问或者关怀。我过得好，他们会提醒我不要得意忘形；我过得不好，他们会寝食难安。而我是他们的孩子，很难在他们面前伪装或遁形。彼此太熟悉。

夏天和父母一起出去旅行，整整一个假期我都盼着早点结束，三十多天的朝夕相处太长了，老是和妈妈发生言语冲突，我觉得她的存在就是为了给我添堵的。而她觉得我肯定是她上辈子的克星。她总把担忧说在前头，扰乱我原本宁静的心情。如果旅途有一些不顺，她就会埋怨我的失误，让我更加气急败坏。

行程最后几天，我就开始拒绝跟她说话，老想改签机票提前回去。

回沪后，既是因为忙，落了一个多月的工作得加紧完成，也是因为心头创伤未抚平，就减少了回去看父母的次数。

同学和朋友都数落我，说你爹妈都这么大年纪了，你还跟他们怄气。

我于是像怨妇一样跟他们叨叨，说我所有的负能量都来自于我娘。只要哪天我想找不自在了，回去看她一趟肯定就能实现愿望。

中间最长有两个多月没回去看爹妈。终于抽空回去了，妈妈自始至终都虎着脸，却给我端吃端喝，不时摸摸我的茶杯，看水凉了就换杯热的。还是忍不住叨叨我，说不要喝凉水，要早睡，最近感冒的人多，不要挤热闹地方。看见我的围脖很有特色，随口就说："我给你再织一条备用。"

没几天收到她织的围脖，戴上后忍不住大笑！街上买的戴上看着就贤淑，她织的戴上看着就像毛毛熊。因为怕我冷，她织得特厚。后来这条围脖就成了我朋友来拜访时，我拿出来表演的道具，大家都欢乐不已。过了几天我娘来我这，我戴给她看，她自己都不好意思地笑了。

昨天在北京，突然想起过两天就要去新加坡了，走以前工作安排得满满的，竟然没留出时间看她，而再回来新年都该过去了。速给她打个电话。她问我忙什么，我终于把堆积了好几个月的焦虑说了。我说现在社会变化极快，很多我认识的朋友前半年事业还风生水起，后半年就轰然倒塌。纸媒平媒明年可能会倒掉70%，电视台也不景气。

我妈就说："你老看人家干吗？你不是还很好？"

我很少有机会跟妈妈说自己的真实想法。一是怕焦虑传染她，二是习惯性掩藏，总愿意在她面前表现得无坚不摧，势不可挡。可能缘于从小她对我的要求。她总说："你是姐姐，弟弟要靠你的，所以你要能干，你要坚强。"

我从小养成的习惯：不示弱，自己扛。

难得跟妈妈交心，她忽然一改以往对我的高标准严要求，跟我说："你说的这巨变，哪叫巨变啊！充其量是一条线的坍塌。跟我们那时候的巨变比算啥啊！想我们家以前住洋房，我小时候生肺炎，你外婆用六条小金鱼给我瞧病，够人家活好几辈子的，然后说没收就没收了。你外婆从小做大小姐，八抬大轿的，后来还不是自己学种菜缝纫过得好好的？人在什么时候说什么样的话——可高可低，可上可下。'人无千日好，花无百日红'，你好歹还盛开过，比那些没打过花骨朵就谢的人强多了。睡觉。"

我果真就踏实睡去了。

梦里，回到妈妈年轻的时候，我还是个小娃娃，拉着她下弹子跳棋。那是我俩常玩的游戏。妈妈在我童年印象里的温柔好像就这些。

我其实现在倒很少有闲情逸致或耐心陪偶得玩棋。玩一局都是敷衍，老看表，嫌一局时间太长，常常故意失败以结束战斗。

想那时候的妈妈，一周工作六天，周日要做所有的家务，每天等我们睡了才能收拾家务忙自己的事，时间少得可怜，却陪娃娃玩跳棋。小孩永远不知大人的烦恼。

　　孩子长大后，就不爱缠着父母了。分给父母的时间很少。

　　趁偶得还需要我，我明天要静心陪他下棋，让他在未来的梦里，记得我爱他。

心有一束光

　　有缘认识褚阿姨是因为秀才参加了一个帮助失明人士的协会。每次活动的时候他们负责接送那些盲人。

　　一次秀才碰上送褚阿姨回家，路上说自己肩颈不好，褚阿姨一笑，说："我老公是按摩师傅，你要去试一下吗？不收你钱。"

　　秀才不好意思，原本做好事，却变成占人便宜，便只口中应着，人却不去。有一天拗不过褚阿姨的邀请，终于去了，回来以后大呼疗效好，便拉我同去。

　　我第一次去褚阿姨家的时候，站在门前觉得走错了门。屋里传来好听的美声唱法，在唱《我的太阳》。在看起来很寻常的老公房小区里，竟然有这样洋气的人？！犹豫再三按门铃，失明的郁老师出来了。

　　如果不是秀才事先说过，我第一次见郁老师一定不会相信他看不见。他的眼珠会随着我的身影转动，一眼望去充满深情。后来发现他对谁都这样"一往情深"。聊天过程中，我才得知郁老师天生失明，从小上的是盲校，当时在虹桥那边，学校边上还有军队，盲校的孩子和正常孩子一样调皮，下课或放学以后翻墙到军队的训练操场玩耍，军人们伏地练习射击动作，孩子们就踩着军人们的背，像过河一样跳跃着过去。军人们怕他们跌倒，都不敢动，任他们踩踏。

　　郁老师说起这段往事的时候，那种开朗的笑声和幸福的回忆，完全让我忘记他是个盲人。我简直不敢相信盲人的黑色世界里竟然一片阳光明媚！

　　而后这样的讶异更多。

　　我按摩的时候，褚阿姨会边给我削苹果，边听股市行情，经常削一半就去操作买卖。有时候电话来，是盲人伙伴们邀她去跳舞，她高高兴兴地答应。去往跳舞的地点要穿过大半个上海城。我不放心她，跟她说："你第一次去很远的地方，一定得让秀才陪你，以后熟悉了再独自出去，出去要拄盲棍。"

褚阿姨毫不在意地说："没关系的，我一路走一路问，总有好心人把我接一段送一段，然后我就到了。"

郁老师很心疼褚阿姨，每次都责备她太活跃，家里待不住，孤身出门让他不放心。正说着，褚阿姨电话又至，有人约她打牌——关键是牌搭子都是盲人！

我问她："你们看不见，怎么打牌？"

她说："用有盲文的扑克啊！"

我说："我们明眼人打牌还要偷牌耍赖，你们怎么防备？"

她说："你们越是看得见，越要自欺欺人，娱乐这样的事在我们这里，不在乎输赢而在于热闹，我们都珍惜这种相聚的机会，不做你们这种无聊的事情。"

我很羞愧，我们虽然看得见，好像心倒是模糊的，视力达不到 0.1。

郁老师比较安静。他喜欢听歌曲。他要我们帮他录洋气的音乐。我和秀才各自去帮他找寻，我找歌剧、交响乐和 Bossa Nova（巴萨诺瓦），秀才则找刀郎、黑鸭子和凤凰传奇。郁老师拿到乐曲哈哈大笑，说："你们两个趣味迥异的人也能过到一起，你们还看得见对方，竟然有这样大的差异！"

郁老师和褚阿姨就没有这种差异。

国庆的夜晚，郁老师特地安排歇业，挽着褚阿姨的手到世纪公园看焰火。我好奇他俩怎样欣赏。郁老师说："我们眼中无，心里有。旁边的人说是帽子，是孔雀，听着烟花在空中绽放的声音和身边热闹的人群，我们感受到的喜悦不比你们少一分。"

秋天的时候，褚阿姨自己去了远郊的公墓，秀才怪她，说不叫他送，大家都是朋友了，不要客气。褚阿姨说："我去看我干妈。她是孤老，是我一直养老送终的，她的墓地，是我花 × 万块买的。"

× 万块！这是郁老师一家一年多的辛苦收入！我们正常人都做不到的事情，他们盲人轻轻松松就做到了。

　　我因为认识他们，时常羞愧，时常感恩。在他们这样渺小而高尚的人面前，我有什么理由悲观，有什么借口偷懒，有什么私心贪婪呢？我每周只花一次按摩的钱，却得到了一胸口的勇气。

爱不完美的自己

朋友问我最近在写什么戏，我答："写高中生与父母斗智斗勇，共同成长的戏。"他问怎解，我答："以我对人生的理解，老天爷之所以设计出孩子这个游戏环节，是怕我们其中有些人练级太快，游戏只玩一半发现练级到顶就弃玩了。因为有了孩子，你会发现练级无止尽，'大BOSS'隔三岔五不定时就爆顶级利器，搞得你欲罢不能，不舍离去。如果没这群'大BOSS'，我估计我的修行都快圆满结束了。"

我在43岁的年纪上，已经能坦然接受"谋事在人，成事在天"，已然能接受生死无常，能理解道法自然。如果不是有儿子，我都觉得出家与在家没什么区别，佛即我，我即佛。且，肚子也足够大，能容天下事。

独独不能忍我儿子。

曾经有朋友跟我说，独善其身不是本事，善济天下基本空话，要是能与孩子和平相处以礼相待，我们的人生修行就算完成了。你若跟我说你的孩子成绩不好，调皮捣蛋，我会直接告诉你，在青春期以前都没搞过破坏的小孩，这辈子基本与破坏式创新无缘了。可到我自己的时候，孩子成绩考到 80 分以下我就会有紧迫感。家长们聚在一起，大多时候在互相传授更加折磨娃的方法。我儿子与海清儿子差不多大，暑假要到了，我们就想把孩子送出去吃苦，有人介绍了一个越野夏令营，每天登山骑车游泳的，我们都觉得不够苦，直到海清有一天惊喜地发现有一个夏令营叫"魔鬼军事化集中营"的，大家欣喜同往。

孩子们投胎的时候，如果知道父母残酷的真相，大概不会愿意投生为人吧？我儿子和海清儿子在负重登山、扎帐篷、吃压缩饼干的时候，一定想不到我和海清在五星酒店里喝啤酒吃龙虾。

我跟海清感叹说我们与其他父母没什么不同，都攀比着挤压孩子的幸福。海清恨恨地说："我把我爹妈给我的紧张感，通通还给我的小孩！"

我们不是在与孩子相处，我们这一生，在有了孩子以后，是重新与我们自己的童年、少年、青年、中年相处。

当年的窘迫、不如意、困顿、伤感和懊悔，我们希望总结成经验，编写成教训，搓成大力丸塞进孩子的嘴里，这样，他们就不会走我们的老路，犯同样的错误。

而他们一如当年的我们，桀骜不驯，不听话，不懂事，浪费光阴却充满朝气。我们气的，是当年的自己；我们忍耐的，是当年的自己；我们妥协的，是当年的自己。而最终，我们成长的，是现在的自己。

每次吵架后的忏悔，愤怒后的拥抱，生气后的喜欢，每天都能发现自己，并不像自己以为的那样完美平静。

生活，因为孩子而让我们一路走向强大与坚韧，也因为孩子而多姿多彩。

爱浑身是缺点的孩子，也爱不完美的自己。这是"少年派"的意义。

岁月写在脸庞，心中满怀希望

一位美女记者问我："六六老师，您总在提倡女强。一个女人为什么总要求自己跟男人一样玩命？什么事都冲在一线，会不会没人爱了？为什么我们不能选择做个小女人，被人爱被照顾被呵护？"

我笑了，问她："你今年 24 岁，花一样绽放的年纪，你觉得世界都会为你而俯身，所有人都爱你，可是到你42 岁呢？你还有被照顾的特权吗？所有的爱都是一成不变的吗？"

她想了想，肯定地答："有的。我的父母对我的爱肯定是不会变的。"

我一笑，问她："他们爱你的心不会变，爱你的能力呢？"

我的父母很爱我，我小时候，我妈替我操持一切，我到15岁连一块手绢都没洗过——那时候人们开始用纸巾了。

第一次被父母之爱抛弃是他们调回上海工作，只能选一个孩子带走，他们选了我弟弟——不是他们不爱我，而是因为我成年了，超过了被随身携带的孩子年龄。从那时候起，我就知道，以后的路得靠我自己走。

我第一次出国，妈妈还给我三千美金留我穷家富路。到我父母第一次来新加坡探望我，就变成了把我几年存款全部拿走——他们要在上海买房，首付不够。

父母不是不爱我们，他们的能力在衰弱。

现在，逢年过节我操持过，给爹妈买吃买喝买穿，生病了我帮着找医院，还得想着安排他们在假期旅游。

我猜想，等他们再老些身体没这么好了，我还要负担救命钱。我得努力工作。

我年轻的时候也相信爱情是终生不变的——当然现在姑娘们都不会这么想了。那个照顾你十几年的丈夫，万一有一天去照顾别人了，你一无所有怎么生活？

一位女性朋友中年离婚，哭着跟我说："回头想来，过去十八年，我竟然一片空白。我们共同的朋友是他的工作伙伴，我们共同的房子一分为二，我们共同的孩子去远方读大学。我的前半生不剩什么。"我说："假如你有事业，也许现在担心被抛弃的是他。"

我不是开玩笑。我的闺密胡涛是FELLALA（翡拉拉）首饰的创始人，早年和丈夫一起创业，事业做大后，丈夫要求她退出企业，既方便管理，又可在家享清福。她在家没待几天就觉得不对了，天天守在灯下等丈夫回来，孩子也嫌自己话多，跟老人共守一个屋檐的日子也格外漫长。于是她又重新开始创业，实现美好女人的梦想。八年过去，她为自己代言的首饰盛开在各个城市，业绩骄人到让老公刮目相看。

已经是上市公司一把手的老公出差到哪都带着她，顺道还帮她参谋开拓市场。

上次和她说："你毅力真是坚强啊！一段婚姻守这么

久都不厌烦。"

　　她笑得好幸福，说："没有一天是厌烦的。大家都忙，就很期待短暂的相聚时光。每天在一起手挽手散步的时候，觉得从没如此紧密过。每过一段日子，人还是那个人，却品味他不一样的成长。我们现在的感情比年轻时候更好！"

　　我翻看他俩的走路记录，散步一年，竟然能走出一条北上广！

　　我们不会永远 24 岁。最好的结果是：岁月写在脸庞，心像 24 岁一样雀跃，充满希望。

　　被爱是儿童时期的幸福，而爱人才是成年人的享受。

　　还有读者问我："女强真的好吗？女性强势会不会让人讨厌？讨厌那种张牙舞爪的压迫感？"

　　我再笑："张牙舞爪的强势是内里脆弱空虚的表现，真正的强者则是：我坦荡荡将我的弱点放在你的面前，你却不敢或不忍把我伤害。"

世上最好的化妆品

通常情况，女人在既征服不了男人又摆脱不了自己的时候，大多会进入神神道道的阶段：下降头、诅咒、吐唾沫……一切看起来解气的方法，其实对他人没什么伤害，却让自己的心变得愚蠢又尖酸。

刘力红老师经常警告我："头上三尺有神明，谨慎你的言行，因为那个果报你是要承担的。"

你真的希望那个伤害过你的男人过得不好？因为他的不好，你于是兴高采烈，从此变得舒畅开朗顺利了？这之间有必然关系吗？假使真的有——你的怨念是一种阴毒的力量，真的使他一落千丈了，你由此开心了，你又何以认为他不知道，不报复？进而今生来世纠缠不休，你抛弃我我抛弃你，乐此不疲没完没了？

　　我曾经跟李蕾说，我们要互相亏欠，我们要彼此纠缠。前提条件是我们彼此惦念，舍不得今生或者来世就此别过永不相遇。

　　那些爱我、善待我、引领我、疼惜我的人，我每天许愿：我们今生不要走失，我们来世必定相见。因为我舍不得我们之间曾经有过的美好情感。

　　如果我们都翻脸了，心生罅隙了，还不赶紧拍拍屁股走人？还那么不眠不休、茶不思饭不想地惦念什么？值得浪费那么多时间吗？

　　爱一个人要花很多心力。

　　恨一个人要花的心力更多。

　　李蕾跟我做节目的时候，谈到一个女人，这个女人为了恨一个男人，一生不换电话号码，只为等他一个电话，告诉他恨他。那个男人也坚持十年打一个电话，听她说恨他。李蕾在节目里为这个无厘头的故事哭得稀里哗啦，我在旁边莫名其妙——这么神经质的两个人有什么值得聊的？更别说为他们哭泣了。人生那么多美好，干点什么不比恨一个人有趣？

我离完婚一周内就恋爱了，都来不及咂摸离婚是什么滋味。

你一定要希望那个伤害你的人幸福，这样他就没机会反复来伤害你了。

你更要有能力让自己幸福，这样不幸就没机会靠近你了。

我最近这段时间天天在外出差，有空的时候翻书听歌写毛笔字，跟我的中医师父们聊天，跟我的同门们探讨病例。我还报考了广西中医药大学临床基础的研究生并被录取，即将开启三年全日制课程的学习。我带着闺密们一起报名历史哲学经典课程，还去儿子的夏令营当义工，忙得不亦乐乎！周围人说我精力旺盛折腾不休，可时间对每个人来说都是均等的，学习了你才觉得时间不够用，学习了你才知道自己是沧海一粟，沙砾一颗，有那么多人比你优秀，比你精勤不倦，自己像井底之蛙一样见识很少。闲下来不就心生闲事、自哀自怜、自负自满、庸人自扰了吗？

　　朋友跟我展示他与太太的微信聊天记录，太太长长一段话，他简单回一个"好"或"嗯"。我问他怎么这么浮皮潦草，他答翻来覆去就这点话，听着没有新意。

　　他问我："你和你老公谈话都谈什么？"我答："各种感悟，有趣的事情，小视频。我没事写点微信长文，他来点赞或打赏，他拍的照片，我经常盗图，假装是我拍的，不亦乐乎……"

　　他说："羡慕你们的眷侣生活。"

　　我说："不快乐为什么要在一起？"

　　他说："你有让人快乐的能力。"

　　我说："因为有这个能力，我才能有选择让我快乐的人的权利。"

　　李蕾最近专业从事美容行业，我跟她说，绝大多数女性整容的原因是把不幸福或对未来幸福的潜在忧虑归咎于相貌，或者认为年轻的外表可以蒙蔽老旧的心灵。

　　丰富的灵魂和有趣的谈吐，会让很多人忽视你的外表。因为大多数朋友相处，处的是品行和情趣。当然，在自信的基础上再摆弄摆弄外貌便是锦上添花。

　　宽容他人和宽容自己是最好的美容。被人爱着和爱着别人是最好的化妆品。

把每天活成宠爱自己的节日

小时候，妈妈与我聊天，总会问我："你长大了想干什么？"我说："我想干什么就干什么。"妈妈大笑，说："哪里有这样的人生？没有一个人是随心所欲的，就连孔子，从心所欲不逾矩的时候，都70岁了——幸亏他活得久。"

我问妈妈："你长大了想干什么？"

妈妈笑了，说："我已经长大了，我想干的事，一件也没有实现。我想上大学，可是有你和弟弟两个小兔崽子拖后腿；我想做生意，你爸爸不许我抛头露脸；我想出去旅游，可我既没有时间也没有钱。等你们长大了，我退休了，我再慢慢实现我的梦想。"

我妈现在退休超过十年，她既没有去上老年大学，也没有出去旅游，哪怕她有了钱，也有时间。再问她的梦想，她说："只有等下辈子了。"回答完我的话，她在沙发上继续看我写的电视剧。

我选择了和妈妈不一样的生活。

我高中时说我要当作家，我妈说我口出狂言，结果我过了十年实现了；我出国后告诉前夫，我要成为有钱人，想去哪里拔腿就走，那时候我们还住着合租的房子，晚上躺下，床垫弹簧直戳后脊梁，十年后，我实现了；写作巅峰之时，因为一部戏，为了投资人的收益，天天受五斗米之气，我就跟周围人说，我改行了，我要当医生。周围人笑我异想天开，经过两年准备，现在我是医学院二年级研究生，未来读博士的概率很大。我想，十年后，只要我愿意，我会成为一名优秀的中医。

我所在的行业，说话不算数的人不少。有一部分编剧，只收首付的钱，过后交不出稿。初写作的时候，投资人也是这样防备我，一部戏分几次给钱，生怕我半路逃跑。结果，我所有承诺的戏，全部超过预期完稿。现在，从我宣布写一部戏起，全款到账，我还有资格挑挑拣拣，看收谁的不收谁的。

有聪明善良的儿子，有心心相印的老公，父母公婆们双全健在，闺密朋友贴心，时间自由，财务自由，还有社会地位，我过着所有人看起来都觉得美好的生活。

我称之为幸运。

但幸运背后的行动力你们看不见。

为把每一部职场剧写得身临其境，我经常采风采到神情恍惚，搞不清楚自己究竟是作家，还是戏里那个人物；写医疗戏，我一个外行，分得清不同手术器具，会打手术结，还会各种包扎，心肺复苏；写记者戏，我每个岗位都轮一遍，包括第三产业。

学习中医，我遇到最好的导师，他以严格闻名，他布置的功课又多又重，比我年轻得多的孩子都不堪重负，大概只有我，老师随时抽查功课，都能做好准备。要练功就练功，要写毛笔字就写毛笔字，要背书就背书。到贫困山区义诊，经常不洗澡不洗头，洗脸就靠湿纸巾。在校学习期间，我不接受任何采访，不上综艺，化妆品全部过期。每周五清晨，我顶着日月同辉的一抹莹光奔赴机场回家看儿子，周日深夜又坐最后一班飞机回校上课，一年积攒的机票够儿子凑出一副扑克牌。

我还每天打卡学习英语，到如今看英语原版剧轻轻松松。

前两天，下一部戏的投资人请我吃饭，我坐定后，说："来一碗皮蛋瘦肉粥。"他说："还有？"我答："够。"他说："这个地方人均消费两千五，你是来丢我颜面的吗？"我说："我的胃只认得粥，不认得两千五。"他笑说："怪不得你说你自由了，你的确很难越矩，因为欲望小。"

我说："我25岁那年就退休了，因为我过上了我理想中的生活——不仅想干什么就干什么，而且还能做到不想干掉头就走。行动力就是我随心所欲的能力。"

现在的生活，对我而言，每天都充实而有意义，我余生都将在宠爱自己的节日中度过。

投资人大笑，说："三八妇女节要到了，你有购物清单吗？"

我说："我想换辆 Jeep，开着它下乡义诊，在叠嶂惊湍中，腰背笔挺，英姿飒爽。"

他再笑，说："对于一个在校医学生，有点贵，我送你吧！"

我一笑，说："不用，这是我给自己的奖励。你送我一枝花聊表心意，我就很开心了，君子之交淡如水。"

家有三只猫

老大是十二年前在新加坡大街上捡回来的，培养出深厚的感情，儿子都知道不与其争，小时候儿子若被老猫卡拉挠了，我是要责骂儿子的，怪他去招惹猫。所以直到今天，偶得对老猫都有心理阴影，只要看见老猫横在厕所门口，都不敢去撒尿。

若拿人类的寿命换算，老猫到今年也是近 70 岁的老人了，年老色衰，体力不支。出于多年受宠，依旧享有一天六只大虾的豪华待遇。有时候虾贵到 75 元一斤，我自己都不舍得吃，却仍买给她吃。她现在就指虾度日，猫粮不怎么吃。早晨唤醒我的不是闹钟，而是以头抢门的老猫，我眼未睁圆就跌跌爬爬地去厨房给她拿虾。

最近陆续收了两只小的。老二是在汤池写作时，被同有三和的医生央着收留的。收她时年纪不大，也就一个月余的生命，却被数度遗弃，大冬天的总站在街头等路人施舍食物，饿得皮包骨头。我因不会在汤池久居，心里一直犹豫要不要收留她，只答应收养她到写作结束便还给医院照顾。但小二黑约是太渴望有家，或者知道自己命运坎坷，从进宾馆第一天起，放下她，就径直走到我们为她准备的尿盆里撒尿拉屎，一点不麻烦我们，也不让宾馆的人讨厌，所以就给自己挣来了父母。我们带她回上海的时候，旅途艰难，要先去杭州参加同学会，再从杭州回上海。开始都担心她不能适应长途跋涉，谁知她表现中规中矩，去异地也不生病，小命很是顽强，终于在上海安家落户。

小二黑到了上海，有朋友跟我要她，说是帮着去看店抓老鼠。我和秀才心里舍不得，怕她万一吃个死老鼠，辜负了我们带她回上海的辛苦，便不答应，推托说："等下次遇见别的猫再送你，这个我们自己留着。"果然就有了机遇，没几天，另一朋友家生出一窝小猫，我通知要猫的朋友，帮她要了一只。等我去领的那日，朋友忽然改口说不要了，但我答应了人家去取，做不出拒绝的事，跟秀才商量后，还是把小三领回家。这一领，任谁来要，都不给了。

　　小三就是典型的靠刷脸就能生活的孩子。无论哪个世界，长得好看的一定占便宜。小三皮毛灰茸茸的看起来像貂皮，天庭饱满五官秀美，虎头虎脑肉肉墩墩。鼻尖粉粉，舌头嫩嫩，往你身上乖乖巧巧一坐，你心都酥了。我一个不爱照相的人，现在手机里全是她相片儿。

　　老二以前找老大玩，因有代沟，老大不爱搭理她，她很寂寞，现在来了老三，俩人瞬间打得火热。小三既不怕人也不怕猫，她天生就知道自己会招各类容忍。来了就用老大老二的饭盆水盆，吃的时候嘴里啃着猫粮，脚丫占着水盆。若是如厕，肯定是等新盆换干净了，一个盆里小尿一泡，把俩干净盆都做上标记。总之，漂亮就可以为所欲为。

　　小三很会耍娇。跟小二黑你追我打的时候，一路拍人脑袋踩人尾巴占人便宜，但真把小二黑惹毛了，眼瞅着自己要吃亏了，就一路撒丫狂奔回我的身上，让我训斥小二黑，脸上扬扬得意。我心里知道，小三把一切尖儿都占了，小二黑是受气包。

小三嘴很欠，来没几天把家里小电线都给咬断了。我家大伯子出主意下次接个 15 伏电，电她一电就长记性了。秀才舍不得，宁肯让她咬断一根又一根的线。有时候手机充电，却发现线又给她糟蹋了，就要发怒，秀才会赶紧把小三揽怀里，责怪我："是你自己不好，为什么不收好？晓得她要咬的。"

前两天势态向严重方向发展，我发现小二黑也跟小三学，开始咬电线了，她的牙口比较好，直接去咬粗电线，我急了，上去抓住她就往地上摔，大声吼她，把她吓得瑟瑟发抖。我是真怕她给电死。手机线不危险，接线板可就不一定了。小二黑是个懂得察言观色的孩子，她不知道为什么小三能做的事，她就不能做，但她知道三个孩子里，她是唯一一个给妈妈吼的。所以她总是躲我远远的，尽量不招惹我。

老大多年贤淑，喜静不闯祸。她唯一的嗜好就是虾虾。我妈说，她都快成精了，听得懂人话，且识数。每天早三虾，晚三虾，若是没给够数，一定冲你叫，叫到补足为止。想糊弄她很不容易，讲道理也讲不通。我有天就听保姆素萍在跟她说："今天虾大，不能给三只，只能两个。"老猫先吃着，吃完再找素萍要，不给就堵在冰箱门口，让素萍干不成活儿，补齐第三个便去窗台打盹。

家里孩子多了，喂不起那么多虾，我现在给老猫喂虾前，先将两只小的捉牢关起来，等老猫吃完再放出来。小二黑让我明白了一个英文词语：street smart（城市生存能力）。她生下来就被遗弃，乡里的猫一窝一窝，大多断奶即死。能活下来的也比较苦，反复遭扔出家门，吃不饱睡不好，能活下来全凭毅力加聪慧。她两次便发现我若拿钥匙逗她捉她进屋，一定是在喂老大虾。几次以后便骗不着她，只要老大开始在我腿边缠绕，她便躲藏在沙发角。她以前大概受虐过，不敢抢吃的，只等老猫吃完，她舔地上的残渣。老猫娇生惯养，虾头虾尾虾须是不吃的，这些就是小二黑的大餐。但老猫发现小二黑吃她的残羹剩饭，心里不舒服了，最近基本吃得干净，只留点虾味在纸上，小二黑便抱着餐巾纸，反复舔舐。

　　小三是典型的"胸大无脑"，也就是说漂亮女人其实是不必有思想的。她经常被老二教唆着当枪使。盆里没食碗里没水了，老二要上厕所但便盆脏了，便怂恿小三去找我。因为老二看得出，哪怕在我睡得最熟的时候，小三拿舌头舔我或咬我耳朵，我都不会发火。小三会拿出娇俏样子耍宝卖萌，让我心甘情愿伺候她。

　　最近关俩不管用了，一只比一只难抓。我一喊老大名字，三只猫会从不同房间飞奔出来把冰箱门守好。

　　我只能换策略，把老猫引厨房，关起门来喂虾，留俩小的在外疯狂挠门。有时候开门早了，老二便蹿进来远等，老三不问三七二十一，只管从老猫嘴里抢了吃。我有时候心里不忍，丢个最小的虾给老二，老二像乞讨要饭的一样，叼了便跑，躲角落里吃，不让人看见。刚才厨房一阵爆响，我过去看，盛虾的乐扣摔碎了，满地玻璃碴儿，虾在地上。我怒了，暴打老二，老二一脸知错认罚样，被我丢在门外。

　　小三则从洗衣机肚里探出头，一脸无辜样。我很轻易就原谅了她，还怕她被扎，踏过满地玻璃碴儿，一把抱她过来。其实我主观上已经认定坏事都是老二干的，即使是小三的错，也迁怒于她。但老二宅心仁厚，既不记恨我，也不报复小三。昨天我无意把小三关进厕所，老二就一直守门外，把手指从门底缝内伸进去，安慰孤独的小三，任自己屁股蹲在冰凉的大理石上。

天冷了，大多时候，小三蜷缩在老二怀中，老二怕她冷，给她当肉被。

老大内心里认定我是亲人，总不离我左右。老三长得漂亮又小，总娇在我怀中。只有老二，有些怕我，又很懂事，思忖着宠爱这样的事轮不到她，于是在我的照片里，她总是远远趴在凳子上，远离父母怀抱，独自缩成团的那个。有时候我心疼去抱她，都能感觉到她内心的复杂，又想让我疼，又害怕我会不会打她，浑身不自在，一旦诚惶诚恐地被我抱上，便柔顺得如小媳妇一样竭尽温柔之能事地舔我。从猫这里我就知道：父母的爱没有公平的，内心早有取舍。孩子心里都懂。

　　我们去汤池写作,家里三只猫对素萍来说负担太重了。她们要不停地吃喝拉撒,尤其是夜里,盆都来不及换。所以,我们必须带一只走。在带哪只猫的问题上家长异常统一:老大老了不宜走动,老三小受不了长途颠簸,老二是乡下孩子,"耐造"。就带她。她总是跟我们长途奔波,被局促在猫笼里,几小时水米未进,不拉不撒不麻烦我们。内心有恐惧和不适应便哀号几声。但生命力异常顽强,让我们放心。

　　孩子若生得多,一群里,一定有一个这样吃苦耐劳野草一样好养活的,所费父母心思、精力和金钱不多,却是父母依仗的对象,未来给父母养老。我要对"夹心饼"小二黑好一点。若是子女,她才是那个最终照顾我的孩子。

CHAPTER 3

放胆去爱

既然青春留不住

晚上顶风去看李宗盛"既然青春留不住"演唱会。

上个月就有些动心，想请偶得爹与我一起去看。

初次接触李宗盛是因为偶得爹，那时候他在科大读书，男生宿舍里有散发着恶臭的袜子和散落书桌的好几副扑克，以及 walkman 里播放的李宗盛。我每次去找他，安静地坐他身边看他"勾机"，最后一把输赢已定，一定有一个小伙儿扯嗓子嚎两句"寂寞难耐，噢，寂寞难耐……"，然后各自拎着饭盆水瓶，穿着拖鞋，晃悠着走出宿舍楼。

我的青春，在早恋，在爹妈的呵斥，在假装去图书馆读书，却藏在校园角落里亲吻，在爱了、分了、等了、累了中，一点点走过。

16 岁那年，偶得爹护着我，骑着不熟练的自行车，去工大对面的省体育馆听崔健。没钱买票，便跟票贩子一点一点讨价还价。直到所有的观众都入场后，剩下的票五块钱一张卖给我们，我们然后踏着崔健的歌声一路奔上最远、最高的看台。直到今天，崔健在我眼里都是一个黑黑的小不点儿。

日子在终日奔波苦中渐渐明亮，我们曾经约定，有钱了踏平世界，看遍演唱会。随着学历的增高，财务的自由，感情一点一点退去，直到有一天劳燕分飞。

我们各自换了伴侣，各自开始新的生活。

家里的相册在几次搬家后都不知所终。最早期的照片留在合肥偶得奶奶家里。

青春竟然留白。除了儿子，是我对过去所有的总结和感谢。

忽然间，"既然青春留不住"的李宗盛回到上海。

大屏幕上，一行一行写着李宗盛 2001 年记录的家庭生活文字。他的孩子，一个两个三个，他的女人，我们看得见，和看不见的。

眼泪落下。

"已经做了的决定，是不会再更改的了。""相爱是容易的，相处是困难的。决定是容易的，可是等待是困难的。"

我们，都像个孩子似的。

也许没有照片，没有书信，没有联系，记忆却永远停留。只要一首歌，一个眼神，一段文字，你就能闻得见青春的味道。

数度，李宗盛在唱着老情歌的时候，眼眶湿润，声音哽咽。你可以从他的歌声里，听出每个情人的故事。他还会唱唱说说，分享每首歌背后的爱恨情仇，其中说到周华健与自己在情爱路上的运气。周华健谈恋爱的时候，唱的是《明天我要嫁给你》，他的彩头就不好，跟林忆莲的定情歌是《当爱已成往事》，结局一目了然。

数度，我把现场照片拍下来，传给偶得爹。

谢谢他，在我的青春里，留下版画。

相守到老的爱情

　　女友说，老公把她当闺密使，晚上两人抱着被子蜷缩在沙发上，一人一杯红酒，然后谈人生理想信仰未来，但除了纯聊天，啥都不干。

　　我笑。我说你俩升华了，从相性到相知，脱离了低级趣味，成就了一段高尚的情感。

　　我和秀才俩人，除了滚被窝滚了一年半，还没顾得上聊天。

　　今晚，决定和秀才"形而上"，做正经人，聊天。

　　起因是微信朋友圈转的娱乐圈几大未解之谜之一，说的是明星夫妻各自潇洒貌合神离却不离婚的事情。

　　秀才说："贵圈又乱又高大上，走的都不是正常人的道路。相爱就在一起，不爱就分开，尤其是明星夫妻，分分合合，我们凡人都习惯了，何必苦熬？"

我想了一下，跟秀才说："我不同意你的观点。我不认为他们是苦熬。我认为他们在为最终能够在一起而努力。"秀才吃惊地看着我，说："这叫努力？"

我说："是的。这叫努力。那些以为爱情是一世到底的忠贞，爱情是彼此唯一相属的人，那些有情感洁癖的人，都不叫真正认识爱情。"

爱情是个循序渐进的功课，它有点像佛家修炼的三个层次：看山是山，看山不是山，看山还是山。也好像我对世界的理解：年轻时以为我要世界方，世界就为我方；我要世界圆，世界就为我圆。人定胜天。现在我到了第二个阶段，世界不可能因我一己之力而改变，我努力改变的不是世界，而是我自己。我争取到死以前进入第三阶段，那就是我和世界能和平共处，我内心里接纳这世界，而这世界也接纳我，彼此都充满欣喜。

我跟秀才说，我年轻的时候，因为爱情，总想占有对方。我认为他是我的私有财产，如果他感情有犹疑，我会愤怒，我会斗争，我会伤心。到了中年，我其实能接受我的爱人不坚定。《圣经》里说，彼得以为自己是最坚定的信徒，却在耶稣被捕时，因为害怕而三次不认其主。他羞愧于自己的软弱，主却原谅他，接纳他。圣彼得尚且如此，凡人在一生的爱情里不可能坚定如初。每个人都有脆弱和受到诱惑的时候，仅仅因为爱人一时的游走就放弃一生的情感，这其实不是他，却是我对情感的亵渎。

我跟秀才说："如果我残疾了，生病了，你会离开我吗？"

秀才说："不会。我是打算用我一生照顾你的。"

我说："如果我爱上别人了，与他人好了，你会离开我吗？"

秀才立刻坚定地说："会。"

我说："你不爱我，你不是真的爱我。你愿意照顾我的身体，却不愿意照顾我的灵魂。而我的灵魂是比我身体更脆弱的部分。"

他说："如果同样的问题我问你呢？"

我平静地看着他，说："连网站都有宕机和升级的时候，何况人呢？"

我能接受。我愿意等你犹疑过后坚定信念了再回头。我不介意偶尔的不能登录，只要我所有的账户信息都在就成。

秀才说："那你为什么离婚？你为什么不能等你前夫确认他最后的归宿？"

我答："Time。是时间。那个时间上，我自己，还是不坚定的信徒。"

我觉得那些等待黎明时分认一生感情的主很了不起。他们允许自己和对方脆弱，却在等待中，没有松开彼此的手。

人这一生，能够找到相爱的人不容易，我们连分离的勇气都有，为什么没有勇气牵手呢？

秀才看了我半天，说："我以前就很佩服那些换妻的'高端人才'，他们已经摆脱了世俗人的困扰。而我这样的，永远不能跟人家分享老婆。我就是很自私，我就是要

彼此专一地生活。你们这种博士水准的修行境界，我这种
俗人是达不到的。我的要求很简单，你老老实实、安安稳
稳跟我过日子，不要想小花招离开我，也不要谈什么原谅。
大家如果知道危险，就不要去试探，相守到老就是最好的
爱情了。睡觉。"

他卷着沙发上的被子回床上。

我于是知道，我这一生都跟秀才处不成闺密，因为他
只要"形而下"。

放胆去爱

我手头有"精品"男女数个，每个我都喜欢，却该单的依旧"挂单"。不要说介绍认识，你把他们关到屋里，他们都羞于交流。

很多人有"回顾伤痕综合征"，若在小沟里栽倒过一次，便终生不能跨越门槛。问过好几个大男大女，往往都有过恋爱经历，分手理由千差万别，结局都一样：不敢再爱了。

和一位大姐吃饭。大姐是幼儿园园长，跟我总结幼儿园女教师的感情现状：端庄贤淑适合做妻子的姑娘，反而拖成大龄；那些没心没肺大大咧咧的，倒是想有男朋友就有男朋友。

"我说了你别生气，我觉得像你这样的，哪怕是排队找对象，也不该先轮到你。我们单位里的未婚漂亮待嫁姑娘，人品正，心灵手巧，业务好，职业也好，人家都还没找到，你凭什么都'翻台'了？"

我大笑，说："对啊！好像找对象这事，没有先到先得五讲四美的哦！"

有网友问我："我喜欢一个男孩，不敢表白，六六老师救命！"

亲啊，你问他一句"晚上有场好电影，我请你看"会死人吗？

她想了好久，说："我不敢。"

在我这觉得轻飘飘毫无障碍的事，在她那犹如翻过阿尔卑斯山。

昨天开车和秀才路过我们第一次约会的地方。他指着目及之处的铁栅栏，忽然说："那是你我碰面处。"

我大概真如大姐所说那样没心没肺，脱口而出："这里吗？我怎么记得是你家门口？"

秀才哀怨地看我一眼，帮我回顾："那天晚上，你打电话和我说：'你上次提到有处上海老洋房，我想去看看，你能带我去吗？'我于是说：'你等我穿了衣服去接你。'你答：'不用了，我已出门，往你住处走，走到哪里碰上了就一起吧！'"

好像有这么一回事。我再回头看看栅栏，惊叹："你走得好慢！这里明显已过我俩住处的中点！"

他大笑："你奔向我的心急迫撒！"

我敲他一个"毛栗"。我若不发出邀请，他大概一生都在远瞻我，然后错过。

我曾经问过秀才："你喜欢我吗？"他答很喜欢。问他为何不主动，他答害怕被拒绝。

"我拒绝你一下你能残废啊？而且我拒绝你一次两次三次，说不定第四次突然就转念了呢？你看看《来自星星的你》里面的男二辉京，坚持追求"二千"15年，被拒无数次都不放弃，虽然最后也不一定修成正果，但说不定下辈子"二千"因为愧疚就愿意跟他了呢？你此生的努力也许今生用不上，但可以修来世嘛！"

我内心认定自己不擅长读书，尤其不擅长考试，自小的经历里大考都是失败的。自从上了中欧，彻底治愈。考试成绩全部出来后，我与那些名校毕业生相比并不落后，而且可能比很多人都好。

那些你特别在意的不自信，其实都是心中的魔障，你迈开腿去跨越时，发现它只是你的假想敌。那些在爱情或事业上令你羡慕的人，不是因为他们运气好，而是因为他们遭受挫折却不自知，无视伤疤继续向前奔跑。

一念起，一念落

参加《东方直播室》节目，有女士到电视上声讨丈夫，声讨法律不援助自己：已经 200 多天没见到孩子，丈夫把孩子抢走了，自己用尽方法不能要回孩子。

我在现场对她提出反对意见。我反对的是她在婚姻中一步步将自己逼到没有退路的做法。我认为这样的处理是不理性的。节目中我曾经给予她很多建议，不知是否播出，但都被她顶回来了。也就是说，她沉浸在自己的痛苦中，把心门关上，甚至不愿意听局外人的忠告。

她说她婚姻的不幸缘于第二个孩子的出生。她得了产后抑郁症，脾气很恶劣，心情很坏，做了和说了很多让老公愤怒的事和话。她把这一切归咎于老公没有在这段时间给予她足够的同情和帮助。

　　我问她："你如何知道自己得产后抑郁症的？你去求医了吗？你服药了吗？接受专业心理咨询并寻求帮助了吗？"她说没有，她只是自己觉得。

　　这本身就是很大的问题。你拿着生病的报告单请求丈夫的支援，和你拿一个借口生事并让丈夫接受，自然会是两个完全不同的结果。你病了，你没有得到专业的治疗，却任由自己病程拖长，把小事件酿造成无可挽回的后果，这是婚姻中很要命的症结所在。

　　我跟她分析，她家很多问题的根源是南北差异。丈夫是陕西人，她是上海人。上海女人是要当家做主的，陕西男人也是要当家做主的；上海女人是要男人顺从和呵护自己的，陕西男人是要女人顺从和体谅自己的。本身就有地域差别。两个人有没有想过找一个妥协的路径？女方的父母一直住在她的家里，男方本身就很压抑了，母亲在家又当家做主，丈夫原本有很多可以正常沟通的途径，碍于丈母娘，就不会跟你讲。你若再因为产后抑郁过多要求男方，他一定会反弹。你跟丈夫的沟通，足够吗？

丈夫出门了你查电话，追踪到办公室，我能理解你是出于关心，甚至是病态的紧张，但丈夫和丈夫的同事朋友能理解吗？丈夫有颜面吗？

丈夫离家出走了，你去单位堵他；丈夫提离婚了，你不同意。已经分居很久了你不离婚，他抢夺了孩子逼迫你离婚，你不是坐下来跟他谈，而是到处找孩子，私家侦探找到孩子的时候嘱咐你勿打草惊蛇，你第一反应却是发短信告诉丈夫"我已经知道孩子在哪里了"，你甚至说，为了孩子，已经决定下跪给他们家人看，让他们可怜可怜你。亲爱的，你以为生活真的是琼瑶剧吗？你下跪的目的是什么？让他们还给你孩子，还是不离婚？法律可以帮你解决抚养权和抚养费的问题，但解决不了你内心的憎恨、不甘和沉沦。

整台节目做下来，我发现了一个问题：很多女性在遇到大事的时候，做的每一项决定，都与自己内心的真实想法背道而驰——也就是说，你做的每一件事，都向着不利于自己的方向发展。

你希望离婚吗?

直到节目最后，我发现这位妈妈内心里都不确定自己要不要离婚。大妹子，你要是不想离婚，你上台来控诉你丈夫干什么? 你究竟把男人当朋友还是敌人? 你要是真想离婚，你为之做了哪些准备? 经济上、精神上和未来的规划，你都做好了吗? 你现在的精神状态不稳定，根本不适合带两个娃一起生活啊!

我给这位妈妈的评论是: 你的行动快于你的思想。你脑子里还没想清楚你要什么，你就先做。因为你静不下来，你静下来会慌张，你没有思路。很多重大的决定，如果你一个月想不清楚，你就想一年，一年想不清楚，你就想十年，比你一个月之内把所有事情搞砸要强得多。

人的内心里藏着一个天使和一个魔鬼。人在愤怒的时候，往往把命运交给魔鬼，通常那个决定是"我过不好，也不会让你好过"，这是所有决策中的下下选。如果你耐心等到天使做主，你会发现，一定有一个结局是"你好我也好"。

很多女性离异之后，几乎否定了前夫和前半生。那个男人是你选的，那个前半生是你自己的，无论好坏，它都是由你自己编织的，为什么要否定它而不是接受它？为什么不能承认自己的不完美，承认自己的选择，并试着回放你们在年轻时相爱的美好？

尤其是那些有孩子的女性，你不爱了不应该恨，而要宽恕——不是宽恕那个你恨的人，而是宽恕那个你恨的自己。因为错误是两个人共同犯下的，你不原谅他，你就无法原谅自己的愚蠢——人这辈子，谁不蠢几回呢？

我离完婚后有段时间曾想过把小三的不堪录像发给她丈夫。这个念头出现后，我努力让自己平静下来，读书，与朋友聊天，听音乐，感受生活中光明和美好的事情，并问自己："你这样做的目的是什么？你希望有人为你失败的婚姻买单吗？"

你如果静心想，就会发现她的出现不是原因而是结果。你自己不快乐了，就要另一个家庭破裂或无辜的孩子为此受到伤害？而且你怎能左右过后的冤冤相报？她万一失去一切后拿硫酸泼你儿子怎么办？你怎能掌控那个人的心智？

我于是放下怨念，让一个不好的循环在我这里终止。现在我很感恩上天，它给予我理智的回报是：我很快就踏进新生活，并良性运转起来。我没有让一个小坑变成不可逾越的陷阱。

人每一天在做的事，就是战胜心魔。你越强大，你心里的阴影就越小，能够左右你的魔鬼就越逃离，你就越能做自己生命的主人。其实产后抑郁这事，每个女性都会遇见，因为它是生理现象，从很高的激素水平突然降至正常水平，落差就会让人失衡。但不是每个女性一生都沦陷在产后抑郁里。

增长理性和智慧，减少哀怨和谩骂，多动脑子，少动情绪，你才能做最好的自己，并拥有与之相配的好机遇。

一念起，一念落。

生活的好与坏，就在一念之间。控制好你的念头，你才能做生命的主人。

报复渣男

网友这两天跟我说，她要报复一个渣男。

我问为什么，她说："他让我受了那么多苦痛，却不承担任何后果，我气不过。"

她和他是同事，两人在工作中有了感情，她听信了渣男的花言巧语，相信了他婚姻的不幸。她同情他、怜悯他、爱他，义无反顾地帮助他，甚至不求回报地把自己工作中的创意打上男人的名字，做爱人背后的女人。

后来，她惊讶地发现他老婆是一位高官的女儿，并且他俩看起来感情很好，他一面跟她睡觉，一面又让高官女儿再次怀孕了。他还说是老婆强奸他的，跟老婆睡的时候，心里想的是她。

网友说自己一度恨不得去杀了那个不要脸的大肚婆。

她更加心疼男人，又帮他做了好几个策划案，都署了他的名字。年终的时候他升职了，而她连年终奖都没拿到。

她以为他至少会把年终奖分一半给她，却发现他赚的每分钱都给了"强奸"他的老婆，她问他什么时候离婚，他说孕期、哺乳期不行，等孩子一断奶就离。

已经升任高管的他还要求她与自己保持距离，以免给离婚造成麻烦。

她遵从了，每天默默关注他，私下绝不联系。

直到他生日前一天，她想给他惊喜，夜里带着礼物潜入办公室，却发现他和女秘书在办公室里乱搞男女关系。

她说："六六姐，我受骗了，我要报复那个渣男。"

我说："你想怎么报复？"

她说："我要把他做的一切不要脸的事公之于众，我有偷偷拍过跟他在一起时的亲密照，我要发给他毫不知情的老婆，我要让他在业内混不下去，我要他为我这几年的青春还债。"

我笑了，说："姑娘，你能听我说句实话吗？你该报复的是你自己。这个渣男是你自己选的，他说的一切你都相信，他不仅霸占你的身体，还霸占你的作品，所有的一切都是你爱他时的心甘情愿，你不是被他骗了，你是被你自己编织的爱情童话骗了。

　　"你报复了他，可所有人都知道你们有过这样一段不伦之恋。你以后还要嫁人吗？你只想鱼死网破以后的爽快，却忘记了他既然是渣男，一定会有你意想不到的反击。你知道去年有多少情妇死于男人的谋杀吗？你知道前段时间一个男孩因为抢公交车上的座位，觉得自己受气了，唤其父亲前来报复结果把占座的一方给捅死，父子双双坐牢吗？你能够承担得起报复之后的结果吗？"

　　她说："六六姐，那怎么办？就这样让渣男一生逍遥不受惩罚吗？我咽不下这口气。"

　　我说："这是你自己蠢，人总要为自己的愚蠢买单。谁告诉你爱一个人，就是把自己的身体连同金钱甚至事业都交付出去？人生不是剧本，不像戏里那样，好人永远会赢，坏人得到惩罚。而且，在这件事里，你一定要清醒，你在大众眼里不一定是好人，公开出去徒留笑柄。

"人这一辈子，就是会遭遇到一件事，一个人，一段生活，让你饱受欺凌，这是上天为度你而给你挖的一个陷阱，你在陷阱里的表现，就是你未来生活的照影。你冷静、理智，能够做到打碎牙往肚里吞，还能从陷阱里爬出来，离陷阱越来越远，你就赢了生活，赢了自己。你要是爬不出来，就有可能万劫不复，永无宁日。

"这段不伦之恋已经消耗了你最少四年的光阴，它不值得你再投入下一个四年甚至下一个月。最好的解决方法就是远离，把这段往事封闭，让自己增长智慧，不再犯同样的错误。对那个伤害过你的人，不看、不问、不听。"

她问我："六六姐，你这一生，有没有过报复他人的念头？"

我说："有。报复的念头通常都在阅历不够的时候才会产生。我无数次想过拿硫酸泼人，同归于尽。我要感谢我早早得到的社会地位和我的孩子——没有任何一种伤害，值得我搭上身家性命和与儿子共同生活的岁月。"

我做了很多努力，爬出我自己年少无知时挖的坑。

我现在离坑越来越远，再回头，云淡风轻。剩下的全是感恩。我感谢那个曾经伤害过我的人，没有让我的青春留白，我懂得了爱之浓郁恨之强烈，我更感谢岁月给我的教育，让我向过去狭隘的自己挥别，我已绝尘而去，奔向宽恕带给我的幸福。

我宽恕的，不是别人，是曾经年少的自己。我和我不驯的青春，终于和解了。

女人的天敌

上帝在设计人的时候，就已经划分出男女的不同。女性有处女膜，而男性没有。在不远的几百年前，全球还都处于对贞操有要求的阶段。随着文明的发展，最近才降低了对贞操的要求。

贞操是什么？

在过去，贞操其实是保证嫡生的"封印"。通过处女膜保证"在我之前，你没有别的男人"，通过刑罚和道德压迫保证"在我之后，你也不许有别的男人"，"这样我才知道这个孩子是我的纯种，我才肯花费时间和精力去抚育他"。

因为有了男女共同的努力，人的后代才会一天天进步。进步到科技发达后，我们已经不需要用处女膜"封印"的形式了解孩子的属性，于是那层烙在女性身上的安全膜就不再重要。

上帝设计游戏的时候，把职业属性刻画得很细腻。男性是狩猎，女性是哺育。那个承载了生命的人，为完成哺育功能，要舍得身材变形、肚皮皲裂、乳房垂陷。一旦你决定走上这条道路，你就再也回不到青春年少时候魅力十足的样子，你从雌性变成母性，从对异性的吸引回归到对子女的呵护。有多少女性产后因为妊娠纹、水桶腰、瘪乳房而丧失了寻求新的性欢愉的勇气。这样的代价太重，以至于女性惴惴不安，要努力寻找，寻找到那个能保证在自己没有吸引力时还能收留自己的人。

所以，这个人既要孔武有力，又要智慧卓越，还要专一。

问题是，这样的男人"众女所归"！于是，在男人搏杀世界以前，女人已经开始彼此搏杀。取得婚姻地位的女人要保护既得男人，未取得婚姻地位的女人要打败女人。

女人对女人的狠毒，远超男人对女人的狠毒。男人爱得越深，女人之间的憎恶也会越深，深到斩头去脚，灭子灭孙。这种血淋林的现实贯穿古今，现在依旧在上演。

男人探讨的主题，永远是如何赢得社会地位；女人探讨的主题，永远是如何赢得男人的喜爱。

没有女人单靠外貌赢得男人的尊重，也没有女人完全素面朝天、举止粗俗获得男人欣赏，更没有女人能不加修饰就与岁月抗衡……

但女人把自己修炼到极致以取悦男人这条道路是走不通的，因为年纪越大投入越大而收益越小。所以颠覆式创新的境界在女人这里，应该把精力放在搏击世界上。等你得到了世界，自然不差男人。到那时候，你就不会忙着跟另一个女人抢夺一根骨头，而是让男人"俯首称臣"。他们不取悦你，你就不带他们玩。他们的走或留，你已经完全不放在心上。

秀才，你要允许我放言不羁，等我思想狂野过了，我的心灵就蛰伏在家里安逸。

婚前必做的那些事

某日，我问闺密："你女儿与她男友试过了吗？"

闺密沉吟答："问过，说是没有。"

我"不怀好意"地说："交往年把了，该有了。若没有，你就要劝她激流勇进，勇于尝试。哈哈！"

她答："我不劝。跟人睡觉这事，我闺女吃亏，她若真没有，我为何要怂恿？"

我大笑："你都这把年纪了，还觉得男女睡觉女人吃亏吗？原本就是两情相悦的事，不悦才吃亏。有什么不可以的呢？当然，前提得是措施得当。"

她迟疑地答："这种事情，若男方不主动，女方太主动会不会不好？"

我说："若双方交往一年男方都不主动，那就是男方不好。你难道非得等到领了结婚证，只能'小大由之，有所不行'吗？"

她更为难了，说："万一人家真不行，其他都好，就为这个与人分手？"

我无语。

我没有女儿，但如果有，我大概会跟她说，天地之初，就分阴阳，万事万物，唯阴阳和谐才能言他。否则未来日子里很多的争执，原本可以化解的，因为阴阳失调，就会将矛盾扩大。而且这个阴阳和谐，绝对不是一次两次能够皆大欢喜的，要经过一段日子的同居生活以后，彼此熟悉适应了，才能确定。第一次便喜极而泣的，倒真要当心了。

网上有一姑娘跟我说，她丈夫第一次与她床会，骁勇善战，让她神魂颠倒，结果婚后发现他其实清心寡欲，那一次，他是服了药物。

闺密笑说我这观点与主流价值观不符。

我说："当年王尔德因同性恋入狱两年，图灵因同性恋被化学阉割，他俩要是活到今天，都能合法结婚了——

在欧美很多国家。主流价值观，还是要因时因势而变的嘛！"

闺密再问："除了上床，婚前还有哪些必做的事？"

我答："一是跟他一起吃一次自助餐。"

吃自助餐最能看出家庭背景。我爹妈那一辈是在苦日子里度过的，但凡听说吃自助餐，最好从早上起就空乏肚子，等到餐毕，非扶墙不能出来。否则就觉得自己亏了。他们会将钱的价格与饭的体量密切挂钩，不吃到撑就感觉没回本儿。到我这辈，一路长大没饿过肚子，进了餐厅，只拣贵的吃到饱就好。而我儿子这辈的孩子，从小丰衣足食，不会把钱和饭联系在一起。多贵的餐厅，进去以后，只按自己的胃口择食，基本上不是西红柿鸡蛋面，就是蛋炒饭。他们选择的标准是"我喜欢"。

找机会跟男朋友一起吃一顿自助餐，看看他对食物的选择，大概就能知道他的消费方向和消费意愿，这部分契合了，未来经济纠纷少。

"二是婚前一定要一同出去旅行一次，不少于十天。"

旅行最见真章。

无论你计划得多好，也赶不上变化。我曾经在威尼斯的清晨赶火车，等到了火车站，才发现走错了，威尼斯有两个火车站，再赶到另一个火车站肯定得误点。面对突如其来的变故，爱侣往往会暴露性格本相，或暴躁或冷静，或抓耳挠腮或积极沟通，或埋怨或安慰，细节处能看出双方脾气是否对路。

一对新婚夫妻到新加坡旅行，受父母之托来看我，结果没等到见面，俩人就负气回国了，礼物都没给我留下。吵架的起因非常简单，就因为一个要去红灯区看看，而另一个觉得对方轻浮了。话说，要去红灯区看看的是姑娘……回去以后不多久，俩人就劳燕分飞，这真跟价值观有关。

另一对夫妻的结合，缘于一次偶然的旅行。某次国际会议，大家都不相识，上游船的刹那，路人甲老人颤悠着差点儿掉进水里，身边的男孩机敏地一把抓住老太，并一路警惕地守候在老太身边，生怕她有意外。这一幕被同行的一个姑娘看见，过后发动猛攻将男生拿下。

　　"我只需要他用对待陌生人的那份心对我，我这一生就幸福了。"

　　他俩已经幸福地生活了十多年，有俩娃，凑个"好"字。

爱人与情人

　　和一位男性聊起他的家庭生活。

　　他说，他有老婆，还有情人。

　　和老婆是大学同学，青梅竹马共同苦过。最苦的时候，他飞出"钻石卡"来，有半年没回家。那时候，家里无论父母还是兄弟姐妹的大小事，老婆从不跟他说，总是自己就扛过去了。甚至包括父亲去世前，老婆带着襁褓中的儿子在医院守夜，困的时候，头磕着病床的铁杆儿，半辈子那块青色都留在脸颊上了。

　　后来，日子在彼此扶持中就好起来。有一段时间，他最快乐的事，就是全球出差时给老婆的闺密带各种首发名牌包包。

　　我问他："为什么是闺密？"

他答："我老婆一点儿都不虚荣的,她根本不要。一个几百块的包,都背到脱线还拎着去买菜。"

我说："这样的老婆,你还在外面有人?"

他说："这样的老婆,和我在外面有人有什么必然联系?"

他又跟我说起他和情人的感情。

他说,他和情人是一见倾心。他去某校园演讲,有个女孩给他献花,他一下子就被她的笑容击倒了!

"我主动追她的。她不肯。我花在她身上的钱,车堆马拉。"

我大惊："你用钱去买爱情?"

他有些伤感地说："我这个年纪,如果她对我丰富的人生经验没兴趣,那我只能庆幸我还有足够的钱财去买爱情了。否则,我拿什么去跟她那个会打篮球的青梅竹马的男朋友拼?"

他家现在的生活是这样的:老婆开沃尔沃,情人开宾利;和老婆出去吃饭,只要是家宴,都吃庆丰包子这类的,和情人吃饭，是情人在网上找哪家最贵最新；带老婆度假，离家不超过一小时车程，因为自己娘和丈母娘年纪都大了，都得一车装下，带情人度假，都去欧洲、南美和所有广告上能看到的极品胜地。

我心里替他老婆难过。

他说："我也想对她好，更好。但她对生活的要求就这么多。我若浪费了，她会怒。"

我答："你知道你老婆为什么不肯花你钱吗？因为你当年飞到胃出血的时候，她看见过。她希望能给家庭多省点钱，好让你早早退休。花你的血汗钱，她会心痛。还有，她是真正苦过的人。但凡苦过的人，是舍不得奢侈的。

"你知道你的情人为什么这么舍得花你的钱吗？因为她在买平衡。你不是她爱的人，她心里住着那个青春少年，这样报复性地花钱，才能抵挡她青春的缺失。你老婆不花你的钱，心里却记得你的好，忘记你对她的伤害；你情人花着你的钱，心里却在怨恨你，时刻在报复你。"

他吓到了，说："哪有这么严重？我的情人也爱我的。"

我说："那你想一下，如果你现在一贫如洗了，那个爱你的情人，还会因为爱留在你身边吗？"

他思忖一下，说："你还是不要说这么残酷的话。但我知道，我老婆不会走。"

我问他："你和你老婆还有性生活吗？"

他答："没有了。好多年都没有了。已经睡不下去了。她嫌我打呼噜，嫌我身上有味道，嫌我尿尿不掀马桶盖。我们分床好久了。"

我答："她不是嫌你。她是在用另一种形式表达她的骄傲。她爱你，但她不睡已经不纯洁的你。"

他说："其实，她不嫌我，我也不会和她同房了。真是……你知道，这是人性。睡年纪大的熟悉的人，到底没有睡年纪轻的漂亮的人快乐。"

我说："贪图一次欢愉或者常换伴侣，这不是人性，这是动物性，大多数动物都这样。母象过了18岁，象王都不同它交配。这样的母象都是去运木头。而人性，是克服动物性的那部分，是恩情，是可以选择的时候放弃，可以冲动的时候压抑，可以纵欲的时候严谨。

　　"我说的，你不懂。因为你是男性，和动物无异。还有，我要给你解惑：为什么你老婆知道你在外面有人，也吵过也闹过，就是不离婚？因为她内心里有你，把你当亲人，她怕你老了没人照顾。

　　"另一种可能：她早已不把你当自己人，但她为了孩子，也要占据你一半的财产。这是她应得的。"

写给"520"

我坚信，商家最后会把一年365天过成730个节日。一天要过俩，上午是初恋节，下午是分手节。没有这样的节奏，满世界堆积如山的库存销不了账。

我第一次知道"520"这个节日是因为一名著名的经济学家，他在那天私信我这个数字。我当时正在课堂上上课，拿着计算器算成本，以为他通了天眼，隔山跨海地发来答案。

从那个"520"起，这个日子成了嘻嘻哈哈表白日，我趁这天给我暗恋的、明恋的对象，最帅的老师和"心水"的男演员，都发了点红玫瑰。

提前两天，网上"妖精"们开始各种"作"。

有姑娘在网上亮出十种过"520"的愿望：

1.15 分钟拥抱

2. 得到喜欢的人的 QQ 号码

3. 一个感动到哭的惊喜

4. 喜欢的人陪我一天

5. 一部 iPhone 5s

6. 一个深情的告白

7. 一顿大餐

8. 一束玫瑰花

9. 一双高跟鞋

10. 我最爱的人能接受我，爱我

下面我们一群闺密各式回复。总结下来，选 3、6、10 的最多，4、8、2 其次，几乎无人有物质需求。

我是为数不多的选 1 的人。这是由个性决定的：金牛座赚钱很高兴，花钱不舍得，第一条最容易办到且最实惠。闺密说我对生活要求太低。

我答："我年纪越大越明白一个道理：女人在对男人提要求上，物质比精神好，量化比模糊好，言传比意会好，办得到比办不到好。"

我给人介绍对象，最喜欢简单粗暴的女人跟我说："我要个男人，年龄在 25 ~ 30 岁之间，年收入在十万以上，身高一米七五，学历本科。"这有点像电脑搜索，关键词一列，合适的产品自然来。

我最怕姑娘跟我说："没要求，喜欢就好。"

大姐！我知道哪个男人你喜欢啊？！我又不会算命！你到网上买东西，怎么也得写清楚白色还是黑色，穿的还是吃的吧？

有网友说她心结难消，因为先生曾经外遇过，所以自己从此陷入无法自愈的伤痕中。我说："你最要命的是你因自己而悲伤，你的伤心与男人无关。你对男人的要求拔高到了一个不现实的状态：英俊，有才华，有钱且忠贞。"

她答："我不在意他有没有钱，我不物质。"

我说："求你了，你还是物质吧！"

你真不物质，路边摊卖炒田螺的武大郎会把你当一世珍宝，奉你如娘娘，你肯跟他吗？

不肯。

还是啊！忠贞不是你唯一的要求。忠贞是你在其他基础之上的更高要求。可有很多女性只取其中之一的基础就够了。比方说，有钱就够；比方说，帅就够；比方说，有才华足矣。你在跟全世界作战啊姐妹！

你要想过去这个坎儿，要想让自己舒服，就要把自己跟其他很多要求低的女性置于同一起跑线上。这点上，我最佩服某金马奖女星，这是个有大智慧的女人。她在美国的家旁边，有一家二手车行，主做她家生意。每次她那犯了全世界男人都会犯的错的老公又犯错误了，就送她一辆跑车。她也笑纳，于是泯恩仇彼此宽。她真的爱车如命吗？我猜想，她不过是找一个由头，让老公不至于因愧疚而不愿意见她。因为那些车一般开不到 5000 公里就进车行了。

别指望你的男人边挣着钱边买着包还能想出让你惊喜到流泪的小花样。一般能哄你到惊喜流泪的男人，不是青春期荷尔蒙初升又没啥实力，就是专门吃软饭的小白脸。

心有所向，无畏悲伤

网上有很多沉溺于婚姻不幸又不能自拔，或脱离了婚姻牢笼却找不到方向的女性，总羡慕我每天秀生活，期待我说说感情。

我其实没什么可回顾的。如若今天看起来很幸福，不过是因为幸福藏在心中，从未离开过。与前夫爱恨情仇二十余载，当初几乎身边所有人都以为他既是我的初次也将是我的终点。只有我知道这不可能。爱是内心的感受，不因物换星移而被剥夺。即使是旁人看起来他在深切地伤害我的时候，我因为心里爱他，便有了慈悲。

傅雷是个乖张的才子，因聪颖而急躁，因才华而孤傲，因善感而多情，因桀骜而不驯。跟这样的男人相处，他的太太朱梅馥竟然能忍受他殴打孩子、恶言苛责自己、浪荡情怀在外。有这样男人的女人，在现代人抑或当时人眼里，都是位苦主，若不分离只因无力。未承想在傅雷愤世自杀以后，她会殉情。旁人不能懂她，我亦不屑，但我的理解是"因为慈悲，所以懂得"。她是由爱而慈悲，懂得担待生活——比"因为懂得，所以慈悲"还要高一个境界。

因爱而慈悲的人，会忽略境遇的不公。在他内心构架的爱里，是不会去计较付出与回报的。

那些女性惯有的忧伤，我也有，但会如流星划过天空，不在记忆里留下什么。

后来认识了秀才，又是干干脆脆义无反顾地去爱了。不会因为前情的伤害或者担心未来的分离而有一点保留。

曾有一次，他和前女友见面，去之前只留一句话："我去了。"回来也不多话，说去做了什么。

我也不问。

这件事就这样过去了。

直到有一次聊起来，他说："你若和你曾经爱过的人在一起，不要说过夜，哪怕是吃饭，我的心都会疼。"

我大笑，说："你的爱不如我的慈悲。你一年多以前的见面，我为何不疼？"

他说："你不爱我。"

我说："我恰恰爱你。因为爱你，我可以忍住好奇，也不会为无谓伤心。因为我心里打定主意，不论发生什么，我都会与你比肩前进。直到有一天，若缘分尽了，我会无憾离开，高高兴兴去寻找下一个有情人。"

很多女的不幸，不在于事件，比如婆媳不和或者丈夫背叛，而在于纠缠。事件往往是突发的，纠缠却成沉疴。就像你把感冒拖成肺痨一样。你离不开他，却恶狠狠地放言去伤害他；你不想离婚，却把婆媳关系推向无可挽回的境地；你想迈进新生活，却什么改变都没有做。你的每一次发泄性的坏情绪，不能把糟糕的情况扭转，只能使情况变得更糟。而更要命的是，你的坏情绪不但不能改变你的境遇，甚至会带入你的下一段轨迹里。

"人生若是有如果"——我眼见许多女性因为一段已

经逝去的情感，迁延十年、十五年不能自拔，总在追忆对方的好，或者后悔自己曾经做得不好。破镜若能复原也是好事，就怕彼此都没改变，裂痕依旧是裂痕，只不过凑合着顾影自怜。还有从"大奶"复成小三的，和一个男人反复纠缠。

爱的时候全力以赴，不爱了，扭头就走。每一段感情里，做最好的自己，不把痛苦当命运的惩罚，却当甘露汲取，让自己像果实一样成长，幸福自然囊括兜中。

苏轼一生数次被贬，官越做越小，最后沦落到蛮夷之地琼州。一般人大概会被气死，得亏他有乐观和自嘲的天性，竟作出"我本海南民，寄生西蜀州"这样的诗句。到一境地便享受当地风物，把酒交友，广结良士还教弟子，过得不亦乐乎。"此心安处是吾乡"，不在意上天对自己的惩罚，快乐自在心间。

我不相信自己一生顺风顺水，遇高低坎坷乃平常事，放宽心态接受命运的安排，拥抱每一天，自然笑口常开。

苏轼的《别海南黎民表》最后一句是"知君不再见，欲去且少留"，若分手已定，便不停留，胸中藏着希望，大踏步向前走。

童话里都是骗人的

　　晚上"威逼利诱"偶得和秀才陪我看电影《灰姑娘》。电影开幕前，偶得问我："妈妈，一个男人要送你多大的钻戒，你才愿意嫁给他？"

　　我好奇地问："我要钻戒干吗？这玩意儿又不当吃又不当喝的。我嫁给他，跟钻戒有啥关系？"

　　他说："可是所有的女孩都希望男人求婚的时候送上一枚钻戒。"

　　我答："我从没希望过。这枚钻戒代表什么呢？"

　　他答："代表他爱你。"

　　我笑了："一枚钻戒怎可与一段感情画等号？"

　　他再问我："你嫁给我爸爸的时候，他送给你什么了？"

我答："爱情。"

他眼光一下子黯淡了："爱情有什么用，现在还不是没有了，要是有钻戒，你还能戴在手上。"

我大笑，说："那个钻戒，若当时买，死贵死贵的，累死你爸，要是放在今天你妈手上，估计无论是戒指的尺寸还是钻石的尺寸，你妈都嫌小了。但是爱情，那是多美妙的东西啊！谁给我钻戒换我年轻时的疯狂，我都不换。"

他再问："即使分开了吗？"

我肯定地答："即使分开。我们人虽然分开了，但记忆还是存在的。我青春的记忆没有留白。"

我们去看灰姑娘的故事，我边看边感叹这个两百年前的童话故事太老了，老到不符合现在的审美观了。无论怎么渲染，我都不能理解灰姑娘为何不离开那个后母掌权的家庭开始自己的生活。要是我，铁定出去打工挣钱发财，回来把房子收走。

也不理解为何灰姑娘参加晚会，明明去见的是王宫的学徒，却打扮得花枝招展地奔赴王子选妃的晚宴，当观众是傻瓜吗？你要是去见学徒，就穿你厨娘的衣服去好了。这姑娘内心里是有多虚荣啊！还有，明明知道魔法在午夜12点以前会消失，一切都会打回原形，还要撒那个弥天大谎做什么？索性不去啊，跑来跑去就为了不属于自己的那一刻的灿烂，不跟现在结婚租加长林肯一样神经病吗？你要是有能力天天坐林肯你就坐，你一辈子就结婚这一天弄个幻象，骗谁呢？我都不知道这种华而不实的婚宴到底是为了欺骗哪家亲戚朋友，还是哪方的老板同事？

我更搞不懂的是：这个王子喜欢的究竟是森林里骑马的姑娘，还是穿着华服水晶鞋的"美图秀秀"过的姑娘？这姑娘，除了美貌，你哪点看出她勇敢、仁慈、善良了？这王子，说来说去不就跟普通男人一样，垂涎人家美色吗？

我唯一能接受的感悟就是：当爹娘的，你该给孩子的审美和道德观，你只管给，孩子肯定不会听的。也别指望孩子能孝顺你，他对你最大的好就是生下来时的可爱带给你的欢乐。那个王子，只等爹一死，就违背爹的心意耗费国家人财物力去寻找那个丫头了。咱凭良心想想，咱若是那个国家的纳税人，看王子花着咱的钱满世界找老婆，咱能心平气和地相信他未来是个好君主？其实你该看出，富二代，官二代，你指望他们为你守江山，那是不可能的。

而且我们还没有看见故事的结局。"THE END"之后的故事是：

灰姑娘和王子幸福地生活在一起，然后灰姑娘发现王子原来外面有多年的老情人，便愤然离婚，跟富豪恋爱，被狗仔追得死在隧道。

灰姑娘和王子结婚以后非常相爱，但不幸因车祸翻下悬崖。

灰姑娘和王子因为一次海外邂逅相恋结婚，最后因生活背景不同而离婚。

灰姑娘和王子相爱后，进入皇宫，因为每天被民众盯着肚子，生不出继承人而得抑郁症，多年闭门不出……

那些童话故事，都是骗人的。

偶得最后问我："我爸爸给你的最贵的礼物是什么？"

我答："一个熊孩子。"

偶得问我："秀才给你最贵重的礼物是什么？"

我答："我低谷时候的陪伴，我生病时候的照顾，对我爱的人的抚育，生气拌嘴的时候首先收口……和承诺我，死在我后头。"

这才是每个灰姑娘最期待的爱情。

怕老婆是一种美德

参加一次大会。会议组请了一位德高望重的院士作报告。初见老人家，吓一跳！且不说外貌与才高八斗不太沾边儿，看起来更像种地的农民，年龄也不像八十岁的老人，看起来充其量也就六十出头，步履矫健，动作敏捷，耳聪目明，毫无耄耋之态。

老先生上台一讲话，立刻就能看出他是很有两把刷子的，论点论据独到，思维创意领先。我虽然长期接触前沿资讯，但仍感到耳目一新，正听得过瘾，台下有女士抗议："你超时了！规定半小时，你占用了下一位发言者的时间！这样很不礼貌！"

老先生立刻笑眯眯地迅速翻动 PPT，还作揖道歉。因他言之有物，听众都报以热烈掌声，鼓励他继续说下去。

台下女士非常不满，说："你们这样是不对的！规矩定好了，谁都不应该打破，不能因为他是院士就开绿色通道！"院士吓得赶紧总结一句，草草下台。

再上台的是一位英姿飒爽的女军人，一头银发，腰杆笔挺，她上台就敬礼，说："我替院士道个歉，耽误大家时间，拖延会议了，我尽量简短发言，争取把时间补回来！"大家哈哈大笑，她有些不好意思，说："我是院士的爱人，下面我作今天的发言。"

这对夫妻的年龄加起来超过一百五十岁了。老太太是一名医生，已经七十多岁，依旧奋战在临床一线。听她的发言，忽然心生羡慕——神仙眷侣也不过如此吧？老公做的发明创造，老婆立刻用临床来检验；老婆在临床中碰到问题回家跟老公商量，老公就发挥极强的思维能力和创造能力，帮老婆发明相关设备做检查或监测……这样的默契和相互提携，世上哪里找得到？我猜想这样一对璧人一定不会为"小三小四"、柴米油盐或者姑嫂公婆之类的细碎吵架吧？争执的怎么也得是电子、离子、细胞链、神经元！

不然都嫌费口舌。

午饭的时候，有幸与这对夫妻同坐一桌。妻子妙语连珠，让人忍俊不禁，而且性格直来直去，说话一点也不给老公和旁人留面子。我们还没夸老头两句，老太即刻打断我们，说："别肉麻了，他的斤两我知道。他又不给你们发工资，你们与他的工作没有交叉，评职称也用不到他，就不要假客气了！"我哈哈大笑！

老太说："我是本科生导师，我是硕士生导师，我也是博士生导师，我还是院士导师，他在家都听我的！"

老先生笑眯眯地说："怕老婆是美德。我身上除了这样的美德，其他优点不多了……"

我笑得差点把嘴里的饭喷出来！

我好奇地问："夫妻在婚姻中如此难相处，你们如何做到鹣鲽情深的？用刘力红老师的话说，人这辈子如果不出家就一定要成家，因为只有在婚姻里面你才能理解，为何阴阳是一对矛盾，对立而难以和合，阴阳要是和合了就百病不生。人生百病，主要就是因为连和睡在自己身边的

人都处不好。老师您谈谈你俩是如何处到今天这样圆满的
境界的？"

老太思索一下，干脆答道："因为我们不睡一块儿。
我住楼下他住楼上。"

我又要笑了。

老太也笑，说："我俩天天干仗，干一辈子了，从未
和合过。"

老先生最大的优点就是只要太太说话他就点头，而后
笑，说："太太总是对的。"

分别前，我帮老太太揉揉肩膀，调一下颈项肌肉，我
摸到她头皮，忍不住赞叹："这样干净无瘀滞的头皮，年
轻人里都难找！您这是要活百岁的节奏啊！"

老太立刻跟老公说："听见没有！我要活一百岁的，
你不能少于一百二！"

我逗她："不是一生干仗？干吗还要绑一块儿？"

老太答："多老都不能放过他！"

我真是笑晕。

走出会场的门，已是月明星稀，闻着西湖边桂花的味道，感觉心情好美。

我愈来愈不怕面对老年。

如果我能够春秋度百岁而动作不衰，思维敏捷而笑口常开，有人斗嘴又琴瑟和谐，我更愿意立刻跨越到老年。

《黄帝内经》里说：恬淡虚无，真气从之，精神内守，病安从来。

拥有复杂的思维和简单的童心，一心向上进取，追求更高的精神世界，所有的不快和恐惧，被世俗困扰的烦忧都会远离。

CHAPTER 4

做一个懂事的成年人

天堂路上没有顺风车

据《联合早报》报道，某个我很喜欢的女主持人最近被"请进去"协助调查了。原因是与"你懂的"有染。

听到这个消息，我大吃一惊！这个女主持人我一直非常喜欢，低调，有内涵，主持不同类型的节目都让人眼前一亮，中英文俱佳。而后嫁给一隐形富豪，官富二代的结合。这样的姑娘，样貌好，家世好，学历高，嫁得好，我实在是想不明白，何至于趋炎附势，不计后果地糟蹋自己的声名、家庭的清誉，走这样一条险恶的道路？

与女友聊起此事，女友答："最终应是权力欲熏心。想要的太多，不懂取舍。"

我还非常阴险地怀疑："会不会是被欺压不得翻身？"

女友一笑，说："权力并没有大到为所欲为的程度，而且这样的姑娘，有一百种方法选择自己的生活，说到底，还是太贪，自己内心里藏着邪恶。"

女友问我："你这一路走来，难道没有遇到过诱惑？你是怎样处理的？"

我哈哈大笑，说："真没有。好多打算诱惑我的权和钱，我都下不去口。那些为了权力或金钱舍弃自身审美的女人，胃口太宽泛。我这人，胃口浅。"

女友说："你想挑自己中意的生活，就走上了自我奋斗的道路。借助不到一点外力，也沾染不了一点好处。"

我说："那又如何？我今天得到的一切都是我自己的。我若想走，拔腿就走；我若想留，谁都拦不住我。不必担心后台倒了——关键是没有；不必担心钱财飞了——一直花得都不多。凭色相下口的饭，跟屎一样难吃。那个女主持人的前辈也是女主持人，想当年被"你懂的"捧在手心，过后便要忍受多少个来"分蛋糕"的。而自己曾经能展翅的臂膀，嫁了几年后彻底被剪了，养在笼子里，若不喂米水，便活不得。"

另一个女星曾在某地方台红极一时。地方台上总有各色人等叨扰，请陪个饭，请跳个舞。女星怒了："老娘是卖艺的，不陪饭局。"结果遭台领导恶狠狠逼迫，说："你不想混了。"

女星听完威胁，给气笑了，说："我若不想混了，你能奈我何？我好怕哦！"

女星随后远走高飞，今天依旧活得精彩，夫贤子孝，其乐融融。

男领导，已经不知身在何处。

路的曲直，与脊梁骨的曲直成正比。

那些想凭借外力，不付出就有收获的人，不知自己一念之差天堂，一念之差地狱。

天堂的路，肯定要长叩首，一步一个脚印迈去，搭顺风车的，速度太快，容易错过大门，走向不归路。

做好自己的人生考卷

网上看到一篇文章，一位父亲安慰 30 岁的女儿：你不要着急，找不到合意的男人就不要结婚，我不催你。

文章前半部分在检讨自己的婚姻，说自己老婆付出有多少，照顾农村亲戚，照顾一家大小，照顾婆婆起居，把委屈都憋在肚子里，转个话锋就是——你可不能像你妈那样！我舍不得！

后半部分说的是，他希望女儿找的老公是什么样什么样，全是对男人提出的条件。

我觉得这父亲病得不轻。你对女婿的要求，你自己做到了吗？要求女婿善良，要求女婿为女儿改变自己，你自己老婆冬天冰水洗衣服，你连谢谢都不说一声，更别提去帮你老婆烧壶热水了。你妈妈跟老婆一起住，老婆伺候着，妈妈挑毛病，老婆委屈了你就干看着，你不会自己多出点力吗？老婆洗一辈子碗烧一辈子饭，你去帮过忙吗？你啥都不干，凭什么要求你女儿就找个人照顾她一辈子？

文中还说，婚姻是两个人的努力，不是一个人的付出。字里行间，你们家的幸福生活都是靠牺牲你老婆的利益和劳动换来的，你老婆还没告诉女儿不要结婚呢，你凭什么要她找不到合意的就不结婚？多少算合意？100％？我都结两次婚了，也没遇到老天给我量身定制的特别妥帖的老公。

只有极其自私的父亲才会这样教导女儿。婚姻的本质就是阴阳和合。孤阴不生，独阳不长。一个人不结婚，在社会上就不可能被当成成年人看待；不生孩子，自己就成长不到有可能达到的最高处。一个终身没有找到爱侣的人，事业再有成，内心也是有缺憾的吧？这哪里是没人一起看电影，没有半价下午茶的事？

我写电视剧《少年派》时，张嘉译问我："这部作品你想表达什么？"我说："一个完整的人生。"

　　青春期，不是孩子的青春期，更是大人的回顾期。你只有在孩子气你，不可理喻的时候，你才会回想起自己，当年是多么的鲁莽无知，父母得靠多么大的定力，才能陪你走过这一路。

　　同理，你不结婚，你就很难理解为什么夫妻之间是天地中最大的阴阳，既矛盾又统一，既想逃离又相互依存；你不生孩子，你就不能理解最深刻的爱在哪里，不能理解人这一生要经历三次分娩——一次是物理层面的脐带剪断，一次是心理层面的青春期剪断，而最后一次分娩，就是他们独立成人与你渐行渐远。

　　这篇文章所言，显然是一位父亲不肯剪断脐带的表现。孩子要大了，自己在经历成长阵痛，父亲想让这种阵痛尽量来得慢一些。

　　婚恋观要从小树立。我们生孩子，目的是有一天亲手把他打造成合格产品送上社会。

　　我一直跟我儿子讲："你以后会有老婆小孩，你现在就要学烧饭做菜照顾人，还要有挣钱的本事，不然将来老婆孩子怎么靠你？"

他做得一手好菜，经常嘘寒问暖，主动做家务，不娇气。从小给他建立起一定会结婚的观念，将来的婚姻生活中，努力适应对方而不是挑剔对方。你自己孩子不是完美的，也需要人家闺女适应。这不是很正常吗？

勘破、放下、自在、随缘——这些不是纸上谈兵，而是生活的阅历。做父母的，莫直接把人生考卷的答案发给孩子，而应守着"圣诞老人送礼物"的谎言，等待孩子们自己发现。

孩子们，我鼓励你们到什么年龄干什么事情，不要羞涩，不要等待，老天不会按人头发工资，幸福要靠自己努力争取。

人生最大的痛苦，不是情感受伤，孩子没出息，爱人生老病死。人生最大的痛苦是：你来到这个世界上，看着别人精彩。

不插手孩子的世界

身为中国人的子女是件很吓人的事情。

中国人的传统文化里没有独立个体的思想。君君臣臣、父父子子的等级观念延续了几千年，一个"孝"字把所有想法都压制没了。在这种文化中，你别说跟体制要求自由，你能跟爹妈把自由要到就不错了。

"父母在，不远游""不孝有三，无后为大"等千年古训，名正言顺地将父母与孩子紧紧绑在一起，无论财产也好，精神也好，都要共存到密不可分的程度，进而造成种种矛盾、种种痛苦和种种家庭的分崩离析。

有多少夫妻吵架缘于各自父母对婚姻的插手？有多少未婚男女痛苦于父母的逼婚？有多少立志丁克的家庭或者因病不孕不育的家庭受到各方的胁迫？

　　不能过自己想过的日子是很多年轻人的痛苦。很多老人年轻时已然受过这种压迫，到了老年，又回到"不听老人言，吃苦在眼前"的老套思路中，还要反省年轻时候的叛逆给一生带来的苦痛，全然忘记了自己一生的道路无论是学业或者工作，还是家庭生活方式，都不是自己选择的。

　　我发这样的感慨是因为最近网上和现实中跟我吐槽的朋友，争论的焦点集中在中国浓浓的化不开、踩不烂、拆不散、打不断的家庭关系上。

　　一中年女性网友最近离异了。离异是老公提出的，不要房不要车不要子女，净身出户，且从提出的那一天起就搬了出去，坚决不联系家庭，甚至包括孩子。我以为他外头有人了，谁知女性网友说没有。他只是受够了丈母娘——她的亲妈。

　　她能力比丈夫强，收入比丈夫高，亲妈一直住在家里帮助带孩子，言语中多有对女婿的蹂躏，态度也很倨傲，还当着孩子的面嘲笑女婿，女婿隐忍多年，终于拂袖而走。

　　我问女性网友："你想离婚吗？"

　　她答："绝不想,我爱他。"

　　我说:"你既然爱他,为什么在你妈不待见他的情况下,非得挤一个屋檐下?保持一碗汤的距离甚至更远不好吗?"

　　她答:"我不敢。中国人,哪敢对父母说不?"

　　我说:"你不对爹妈说不,就明显是在对家庭说不,因为你把自己家庭的生活方式拱手让给了你爹妈。现在你达到目的了,你丈夫让位。你觉得你现在拖俩孩子,还有一对强势爹妈,你能找谁做老公?"

　　她无限忧伤地说:"不找。等爹妈过世了,我再把孩子爹哄回来。"

　　我大笑!你真觉得你前夫会等你十几年不结婚吗?

　　这样的案例不胜枚举。

　　一对小夫妻最近闹离婚,原因是家庭财产分配不均。俩人结婚时双方爹妈出钱买的屋子,说好一家住半年帮着带娃,结果突然公公家决定不回去了,老家的房子留给男方弟弟结婚。媳妇急了,说我家是独养女,你们突然就霸占了这屋子，我爹妈来了住哪？爹妈的变卦造成小夫妻的翻脸。男孩没能力在上海另起炉灶再买房，让爹妈搬出去，女方认为男方霸占她家婚前财产，现在就要清算结账。俩人在网上分别求助于我，说的是同一件事。

我问男生："你知不知道你爹妈违约了？"

男生答："我爹妈把所有现金支援我买房，把唯一的住房给弟弟，他们对孩子这样大公无私，我能撵他们出去？"

吓死人的大公无私！这是打着爱的名义捣乱。有多大屁股你就穿多大裤衩，现在顾头不顾腚了吧？很多公婆很是奇怪，你凭什么觉得你儿子结婚了，你媳妇就是你家人了？你家二儿子娶媳妇，跟大媳妇有什么关系？

每逢过年，七大姑八大姨轮番洗脑劝大龄男女结婚的槽，我就不吐了。现在有个词叫"归心似箭"，不是说回家过年归心似箭，而是盼上班归心似箭。

有大龄姑娘跟我说，以前觉得老板兽性十足，把自己当牲口使，还是父母疼自己。现在一到回家时分就分外恬记老板，至少老板是唯一一个不催她结婚，不以爱的名义绑架她的人。

她的名言很有意思："我姨妈，一辈子跟 N 个女人共享我姨父；我爷爷临死前要求跟奶奶离婚，说哪怕是死，都要独坟，结果我奶奶回一句，你不仅人死，你心也死吧！现在我死你后头，我就非要把你葬我旁边天天气你；我爹妈，从我记事起就吵，还动过手，啥脏话都咒；我唯一幸福的姑，是因为她早亡，结果不出俩月我姑父就急吼吼找人相亲了。就这一屁股烂事儿，你们咋好意思劝我结婚呢？六六老师，你不也离了吗？你会逼我结婚吗？"

我沉吟片刻，答："能结还是结一回吧！挫折使人成长。"

另一对夫妻的痛苦是：再生不出孩子，爹妈就要疯了。未来孩子的奶奶如今已患严重抑郁症，谈娃色变，不能看别人家有娃，不能忍受自家没娃。这对夫妻为实现她当奶奶的心愿，吃药打针无数，上床已成噩梦。夫妻含泪鼓起勇气问："没有孩子的生活就这么可怕吗？没有孩子可以吗？"

未来奶奶斩钉截铁地答："没有就抱一个。不孝有
三……"

朋友的女儿最近恋爱了，对象是一个白人。朋友夫妻
俩天天百爪挠心，想用苦情计、车轮战及攻心战等各种方
式撬边。原因是怕自己老了不能与闺女在一起，毕竟中间
隔一个外族。

我说："孩子爱谁是她的选择，你们非得掺和啥？还
老想着给人带孩子。国外夫妻都自己带。"

她幽怨地看着我，说："这孩子我教育得那么好，不
就白给人家了吗？"

我答："至少头上没个婆婆气你闺女。你闺女能当家
做主。"

我对儿子的主张向来是：你是自由人，你是社会人，
咱俩彼此不干涉，各过各的。你爱谁是你的事，你需要我，
我就帮助你；你不需要我，我就躲远些。

谁知，我在新加坡，有一天吃饭，在饭店里看到一个

优秀的华裔男生，样貌儒雅，举止得体，身边竟然坐了个印度姑娘！要是灯开暗点，我都以为他在对着夜空说话！

我的心顿时疼了。

我坚定果断地对儿子说："你记住，你以后不要找印度人或非洲人做老婆，妈妈不能接受自家的孙子看起来像伸手能搓出灰一样的……没洗干净。尤其是满嘴讲饶舌的鸟语。"

儿子说："那白人呢？"

我想了想，说："也不如亚洲女人，最好是中国女人。"

秀才忍不住拉我胳膊，说："你管那么宽。这是他的生活，到底是他找老婆还是你找媳妇？再说了，中国女人，你自己都写过《双面胶》，中国婆媳矛盾还少吗？"

我想了一下，坚定答道："如果找中国媳妇，即使是矛盾，那也是人民内部矛盾。要是找老外，就是敌我矛盾。"

只要你是中国人，你就不能免俗地忍不住把孩子据为己有，忍不住想插手他的世界。

与其外在修理，不如内在修为

朋友的女儿高考结束，朋友送给女儿的成人礼是微整形。

她说："给女儿开个眼角，做个双眼皮，投资一万多，以后找男朋友或者找工作都顺利。人都是外貌协会的，长得好看天生加分，像许晴那样的容貌，公主病就公主病，男人认了。"

我说："许晴长得好看，四十多了还单身，说明男人也不像你想的那么傻。你我长得不好看，都在家训孩子吼老公。好看，不是像你想的那样便宜占尽。"

朋友自己是单眼皮，对眼睛大小一事极为介意。她这一生已经算平稳顺当，在家说一不二，单位里把持一方。我真想不通是啥挫折让她联想到境遇的不平是小眼睛造成的。

　　我不支持她的建议。她泄气，说我讨厌，她好不容易说动女儿，又联合女儿说动老公，到我这关却被阻挡。

　　我说："我阻挡你，是因为我以过来人的身份告诉你，整与不整，对生活不产生实质影响，唯一有可能产生实质影响的是，整一半给整死了——像那个超女选手王贝一样。"

　　朋友心顿时凉了。

　　我说："你若让我说实话，你女儿靠微整形，肯定达不到国色天香。可你闺女现在就是清水芙蓉、人淡如菊了，完全不存在整完以后脱胎换骨。你现在希望她整，不过是希望她外貌条件好一些，能揽得金龟婿，或者找工作的时候不吃亏。可是，找男人，若眼睛大一点就从"北理工"升级到"北大"，那以后进了投行或传媒，碰到眼睛更大的呢？没有任何证据表明，美女离婚率就低，丑女离婚率就高。美女丑女的婚姻幸福指数全靠天意，跟掷骰子一样。唯一的区别是：美女若离婚了，是红颜薄命；丑女若离婚了，是理所当然。"

一路走来，我非常清楚一点：女人在中年，相貌在婚姻爱情里不占任何优势，唯一的优势是被仰慕的资本，社会地位、个人魅力、资产等才是你幸福的保障。所以，你把钱花在外在的修理上，不如花在内在的修为上。如果非得整形，与其改变外貌，不如改变内心。

很多婚姻发生问题，都与样貌无关，而是因为地位的高低不匹配。有时候是女高，有时候是男高，如果从道德和法律层面去约束爱情，即使做到了，也不会幸福。很少有男性把自己的不顺利归结于样貌，否则马云在经历那么多次失败以后，要干的第一件事就是整容。而女性大多将婚姻的破裂归咎于男人的喜新厌旧，认为自己年老色衰后没有吸引力了。

其实，如果你有工作的能力，你有独立的精神世界，你有相互扶持的伙伴，你有运筹帷幄的气度，你不会缺机会或缺爱情。这个不行咱就换！63 岁的 Vera Wang（王薇薇）离婚后，与小她三十六岁的花滑帅公子莱萨切克幸福地生活在一起，这还不够励志？

你要有能耐成为 Vera Wang，不要说单眼皮了，眼皮耷拉下来都不重要。

我笑跟朋友说："你暂时不要在闺女顺风顺水的时候跟她提整容的事。有数据显示，女性整容整形大多发生在生活骤变的时候，如情场失意、工作遇挫等，这时候，整容是一剂心理安慰剂，是给过往的失败寻找一个借口。她现在都没遭遇打击，就把借口给用了，就好像队员没疲倦你就把换人指标给用了一样，等到关键时刻，连安慰剂都没了。"

整与不整，其实是一样的。到孩子那儿，全打回原形。

成就梦想前先成就自己

我的微信公众平台上，经常有年轻人咨询关于跳槽的困惑。

今天我来说说跳槽。

公司有个实力派"女汉子"跳槽了。这个女娃人缘好，能力强，本来被公司委以重任，个人薪资也涨得很快。她跳槽的原因是：这份工作不是她梦寐以求的。她换到另一家单位做了她自己想做的事。因她的能力加勤奋好学，又被委以重任，可她又要跳槽了，原因是：职业是她喜欢的，但环境不喜欢。

她咨询我的时候，我跟她说："孩子，衡量自己是否应该跳槽有几个标准：第一，这份工作是否你的兴趣所在；第二，领导能否帮助你实现理想；第三，团队对你有没有吸引力。但人很难达到三点都满意，若都满意，就是上天顺水推舟让你成为领军人物。绝大多数情况下你得迎着困难，知难而进。"

我们公司有个女文青。无论说话的语气还是信手画的漫画，或是理想职业是成为一名作家等，全部符合文艺女孩的范儿。两年前的一个夜晚，我和她饭后散步，跟她说明白理想和现实之间距离遥远，要想完成理想，不应成为"坐家"，而当去实践、去积累。

我观察她的能力，认为她更适合做职业经理人。她当时不赞成我的意见，但她听进去了我的一句话：理想不是等来的。

她兢兢业业地去做职业经理人，毫不夸张地说，目前她的行业判断力位居全国前列，薪水与职位双升。她闲暇时依旧在孜孜不倦地写文章。（依旧没有建树，但姑娘你不要着急，六六老师前五年都没在文字上拿过钱。但你和六六有一点相同：我即使不是成名的作家，也是一流的幼儿教师。我们在成就梦想以前，首先成就了自己。）

我跟上述第一位三年不到跳槽三次的姑娘说："你再优秀，每去一个单位，你就要做一回新人。青春是你最大的财富，每个行业的精英不是跳槽来的，而是母鸡孵蛋一样孵出来的。'广博'固然重要，但'精深'才是精英的关键词。否则就不叫'精英'叫'广英'了。青春既是优势，也很残酷，现在的新兴企业里，毕业五年后你没混到中层上，你就被淘汰了，换句话说，三十岁前，你就已经被社会冷酷地划分为'炮弹'或'炮灰'。"

五年，对刚毕业的孩子来说看似很长，对人的一生来说，既重要，又短暂。在这五年里，你没有任何讨价还价的机会，你只能拉着缰锁一路向前。

这五年里，你如果想讲条件，想享受生活，想要待遇，感觉不合适就走人等，耍任何一点小性子，时间就悄然过去，然后你会发现，那些曾经到处对你敞开大门的地方，早已将你拒之门外。社会就是这么残酷，它远不像爹妈那样爱护你，像学校那样包容你。社会就是实用主义：你对它有利，它就给你高回报；你对它无益，它绝不做公益。

　　我的朋友在一家著名的猎头公司做领导,她跟我感叹,凡是她想挖的精英都有以下几个特点：在一个行业里做了很多年,绝大多数时间稳定在一家企业,并且在企业的各个部门轮岗过, 既专业又渊博。这样的高管到了三十五或四十岁的时候,是各大猎头公司竞相争抢的对象,来挖墙脚的,往往都是那家优秀企业的竞争对手。而有趣的是,一家企业培养出来的优秀员工,往往忠诚度又很高,绝不是重金可以挖走的。

　　那些被重金挖来又挖去的人,上几个台阶以后就不再有市场——既没有信仰,又没有黏度。

　　这段话隐含的信息有几个：1. 给人打工的人,到四十岁还没混到高管,下面不是等退休就是等裁员了。2. 你从现在起掐算,离四十岁还有几年? 3. 你从现在起掐算,还有几年时间能升任你单位的高管?

　　有年轻朋友说：“给人打工太累了,还不自由,我想当自由职业者。”

　　我就是一个自由职业者,周围人看我又清闲又高收入。

但你知道我这样的自由职业者在我这个行业里是千分之一以上的顶尖吗？你又知道我为了过上不打卡上班的生活，努力到在五年前就椎间盘突出了吗？你还知道我有十年的时间每天只睡三四个小时，直到今天，我只要有一天不学习，没有接受到新的讯息就会惶恐不安吗？

你更不会知道，我在认识了一群像我这样没有任何背景，靠自我奋斗走在行业前面的人以后，才发现每个行业的辛劳都是一样的！我长这么大唯——次去夜总会是因为写戏，不知夜店什么样才去看了一眼（把我吓坏了，看到一群漂亮女人像牲口一样排队等人挑选，我就觉得自己的努力是值得的）。

所以，跳槽之前想明白自己要什么，为什么而跳，你想成为什么样的人，而后再审慎决定。

写给年轻人的话

老板和我说："你家大闺女说，家里已经商量过了，希望她毕业以后留上海。"

我家大闺女与我在同一家公司就职，做影视文化传媒。但这真不是我私下运作的结果。这是她凭自己硬本事得来的岗位。

公司在招才纳贤的时候，我就跟老板推荐过我家大闺女，当时她大三，离毕业还有一年，我跟老板说："我是于公才跟你推荐的，这孩子家教好，能力强，现在已经有好几个地方要她，你不先下手，好孩子就给人家抢走了。"

然后我再鼓动大闺女去报名。

大闺女很优秀，且不说长相耐看，性格温婉，招人喜欢，做事也是同龄人中的佼佼者。学的是中文，大学期间夺得了北京市大学生主持人大赛第四名。我认识她爹以后，夏天安排她在某电视台实习，短短十五天，就受到了栏目负责人的喜欢，希望她毕业以后留下来。

她去应聘的时候，我想当然以为老板知道了，没想到老板公务繁忙，忘记这事，等招聘结束以后，我问他："我家大闺女你收了吗？"老板大惊失色，完全没想起这茬，问我能不能补招，我告诉他孩子的名字，结果他说："已经招了，这孩子在最后一轮团队建设考试里表现非常出色，被队员选举出来当领队。"

我为什么写这么多前情交代？是因为我想说，这么出众的孩子身上，汇集了现在很多年轻人的优缺点，一方面，老板们要调整自己的思维以适应他们，而另一方面，孩子们也要掌握一些基本准则。

我第一次带大闺女去见何念，能与这样优秀的人近距离学习机会难得。结果，我家大闺女在我们一起聊天的时候，只顾低头翻阅手机。我是通过何念的目光发现她走神了。

何念现在已是话剧界顶级大师了，我们有非常好的私交。我很钦佩何念，胸襟宽广，压得住阵，很善于总结每次成功和失败的经验教训，每一步都走得扎扎实实。我曾经质疑过他一个人能否带领这么庞大的团队。事实证明，他的勤勉加上优秀的品格，不但影响力越做越大，而且慧眼识英才，旗下的话剧演员现在不少都是一线影视剧明星。

我之后跟大闺女有过一次严厉的谈话，向她交代社交的基本礼仪。于公，我是领导；于私，我是后妈。很多孩子都不知道自己在职场中栽在哪了，你没有注意到的小细节，往往会让领导对你弃之不用，客户和你建立不起友谊。

移动终端是最近几年才有的事，孩子们已经养成手机寸步不离身，时时翻阅的习惯。无论是看微信还是查阅资料，都靠手机。诚然，这是科技文明的产物，可孩子们，你们不要忘记，人类情感的进化速度要远远落后于科技的进步，我们到今天都认为专注倾听对方，甚至把要点拿笔记录下来而不是拿手机记录，是对对方的一种尊重。你和前辈老师们有机会在一起学习，一定要用脑用心，他的只言片语都有可能对你的一生产生影响。漫不经心会让人对你产生不信任感或者认为你倨傲。

所以，在重要场合保持手机静音，不放在桌面上或手里而放在包里，这是基本的礼貌。家长往往会忽略这些细节，原因是孩子们跟家长生活的时候，涉及学习的问题多，涉及独立社交的问题少，加之家长对孩子的行为模式会习惯性忽略，导致对孩子在外工作时那些失礼的细节毫不知情。

大闺女上次出差，第一次参加大型发布会，慌慌张张的，把行李丢黑车里忘记拿了，损失一箱衣服事小，却使情绪好几天受到影响，为同事们所调侃。

这不仅仅是大闺女的毛病，也是偶得的毛病。我从大闺女那里发现了从小训练孩子的重要性。丢三落四不是孩子的问题，是家长的问题——家长把孩子照顾得太好。替孩子整理书包，替孩子收拾屋子，替孩子打理出行的行装，所有一切，你们都替孩子干了，然后突然把孩子推向社会。他们每天连学习与人相处之道，学习工作内容和交往细节都来不及，还要重新开始学习照顾自己，所有的考验同时奔来，不丢三落四才怪！所以，这部分是训导我们这些家长的：从小不仅要关心孩子的学习，还要培养孩子的生活自理能力，这是对孩子未来最有利的支持，远大于给首付款让他们买房。

对年轻人来说，每次丢失一样东西，不要懊恼金钱的损失，而应去总结为什么会丢，怎样才能不丢。养成泰山压顶也要稳得住阵脚的处世态度，不为外界所动，把每一样事情料理妥当，哪怕速度慢一点，但不能出岔子、捅娄子。大闺女应该庆幸，你丢的是自己的衣服，而不是公司的合同或者印章，否则后果不堪设想。若丢失一箱衣服就能让你牢记遗失的麻烦与痛苦，从此不丢三落四，这是年轻人犯的最便宜的错了。不蹈覆辙，这是年轻人犯错误的意义。

老板打电话给我，说到大闺女去哪个分公司驻扎的问题时，他说，大闺女说家里已经统一意见，回沪工作。老板问我是否如此。我大笑，回答老板："你勿考虑我们家里，你按公司需要及对孩子最好的发展方向安排她，一切困难我们都能克服。"

我转头去问秀才："你闺女跟你商定回沪照顾你的老年？"秀才说："胡说八道，她自己想来，我猜她是不是在上海找了男友，她托我的词。我现在哪里需要她照顾？"

这个细节，我想告诉所有的年轻人：大道至简。人行社会，靠的是道而不是技。做人简单、做事简单可以减少沟通成本，增加效率，提高你个人的信誉。你想什么，用最直接的方法说出来，不让对方猜心思也不必费心遮掩，对彼此都好。工作伙伴、生活伙伴都应如此对待。

你编一个谎言，你就得用另一个谎言去掩盖，而谎言多了，你得做个备忘录以免哪天说漏嘴了。你还得防备谎言涉及第三方，一不留神发生遭遇战。说谎言可能有些严重，算说话技巧吧！说话最好的技巧是不带技巧。假如你真恋爱了，正好男友又在上海，你告诉老板，希望能够与男友团聚，你要相信大家都是通情达理的人，都会把情感需求放在工作需求之前，如果不是这样的老板，你都不值得为他工作。把握这一原理，你就可以坦荡荡地跟每个人交往，不必每次都回想自己上次说了什么，会不会与这次对话冲突。心无邪才能做更多事。

然后大闺女，很不幸，我得告诉你另一个结局：我和老板一致决定无视你的要求，先把你丢在北京一两年。

我和老板都是通达之人，做这个决定是因为对你有利。你的职业是文化传媒，而文化传媒中心在北京。你入行的基本要求是在这个中心做一两年基础工作，打通你的"任督二脉"。等你把社会关系以及工作方法建立好了，你随时可以回任何地方与你爱人团聚，甚至不仅仅是上海。你自己去你想去的城市开个分支机构都行。我把这个道理讲给你们这些年轻人听：

首先，爱情是手握细沙，攥得越紧丢得越快。对待爱情与工作，甚至所有的事，都应该张弛有度。越期待朝夕相处，越有可能事与愿违，而为此丢失发展事业的机会，你确定你想明白了吗？

其次，鱼与熊掌不可兼得。人要有选择。

姑娘们，如果你们选择"此生我就为爱而生，为爱而死，我能承担所有的结果"，没问题。

但你们知道，能够为爱而生，为爱而死的人，首先要有生的资本吗？否则，你就是为爱而死。为爱而死，没啥生路。

我猜想"范爷"现在有这个资本了，她想要一段奋不顾身的爱情，就可以有；她想要一段说走就走的旅行，也可以实现——人家有私人飞机了。你啥都没有，你凭什么呢？

你要相信我的经验之谈：你可以为爱选择放弃有前途的职业，过平凡的日子，但你要想得到更好的日子，一定要把自己锤炼成"金钟罩铁布衫"，这样你才能承得起你心仪的爱，无论贫富贵贱从心所欲。而且，做最好的自己，你才有可能遇到最相称的情感。

最后，我再谈谈细节。

有个姑娘要面试，给我发来她的简历。一张手写纸和一张自拍照，用手机给我发过来。

　　我收到了她的简历：手写纸照片侧躺着，自拍照还"美图秀秀"了。

　　我这好为人师的脾气又上来了，跟她说："姑娘，麻烦你做个 word 文档，发一张生活照。"

　　姑娘又发来了，照片还是歪的，要我手调。

　　我不知道我算不算"事儿妈"，但我已经决定不面试她。说实话，我估计绝大多数老板都不会面试她。原因是：小妹你太把老板当自己人了！

　　工作和生活，都要注重细节，注重严谨。你哪怕是自由职业，生活在一个窗明几净环境整洁的地方，总比睡猪窝强吧？我到中欧学习，发现一个特点，这里的老板也好，高管也好，做事都认真仔细尽善尽美，大家合作做一些任务的时候，每个人都能把属于自己的部分尽量做好，还义务帮助组员提改善意见，最终达成最佳效果。我猜想，能够走到管理者高度的人，首先都是对自己有要求、对环境有要求、对伙伴有要求的人。

　　总听见网友说："世界上不是每个人都优秀，有些人就是平凡，没有我们这些基础，哪有你们这些上层呢？"

你说得太对了。

关键是，如果你既期待买房，又期待家庭生活富裕，还期待能出去旅行，却不想努力工作，还希望社会福利优厚，你觉得有这种可能吗？

富人，请克制你们的贪婪

　　一位美国名校的教授跟我说，中国富豪让人头疼。也不知是国内货币超发还是怎么了，中国突然冒出一堆上市公司富豪，然后满美国找社会关系，想把自己成绩不怎么样的孩子推进藤校。

　　教授说，的确有优秀的中国富豪带着优秀的子女来美访校，寻找推荐的机会。一般这样的孩子，大家还是乐于推荐的。但有相当一部分富豪，他们的孩子资质平平，成绩拿不出手，都不知道凭啥让人推荐他的孩子。刷脸吧，脸也没那么大；捐钱吧，他也没捐到让名校"肝儿颤"的程度。要知道美国许多名校的基金都是上千亿美金的，你捐多少能让人拉下百年名校的脸，给你家孩子糟蹋？

　　我说："他自己孩子啥样，他心里没点数吗？有钱人啊，适可而止，克制点自己的贪婪吧！免得害了孩子。"

我这话是有根据的。

晚上看了一部泰国电影，《天才枪手》。看一半吓坏了，看到其中一段简直心脏病要发作，进而心疼电影里面优秀的孩子。

电影讲述的故事发生在一所私立高中，里面的学生大多出身名门，非富即贵。而成绩最优秀的两个孩子却家境贫寒，是依靠成绩获得奖学金进入学校的。

进校以后，其中一个优秀的女孩为了帮"傻白甜"闺密进入演艺社团，帮她作弊取得了高分，从此一发不可收拾，拥有了一堆富家子弟的拥趸，他们通过付费的方式让女孩找到集体作弊的方法，由此各得其所，诸如让父母满意，借此索要豪车等。

其中一次作弊被另一个出身寒门的优秀男生发现，告发了，使得女孩丧失了全额奖学金到国外读书的机会。

女孩为此必须要挣到出国留学的学费。她开始了另一轮考试作弊，并把优秀男孩拖下水。

影片的最后，我们痛心地看到，那个正直而优秀的男孩无限光明的前途被关闭，直接走上犯罪道路。

这不算剧透。因为无论我怎么描述，都不能表达我玻璃心碎一地的疼。

我推荐所有人，尤其富人们去看一看。

你们自己已经占有了足够多的资源。你说你勤劳勇敢、正直善良，你对得起你的社会责任和你口袋里的钱。

可你翻翻你的朋友圈，你有多少钱是通过内幕消息得来的，你有多少贷款是寻常百姓拿不到的，你有多少许可证是牺牲你的胃喝酒换来的。

就像电影里女孩说的那样："我很优秀。可我也犯过很多错，我心里知道。"

你一面知道，一面继续犯错。

你的子女不足以凭他自己的能力上一流大学。你用社会关系和你挣的钱塞他进去，而同一时刻，另一个极其优秀却没有背景的孩子被拦在门外。

"关我鸟事？"

它不关你事，它关乎你的子孙后代。你觉得这些优秀的孩子，会因为考不上哈佛、斯坦福、普林斯顿就从此湮没了吗？

马云毕业于杭州师范学院，李彦宏毕业于北京大学。现在"BAT"都快只剩下"AT"了。

马化腾毕业于深圳大学，张朝阳毕业于清华大学。张朝阳现在照相都挤不进前排了。

很多人，往台上一站就是名片，而很多人一生最高的荣耀就是"×× 是我的校友"。

富人，你克制一份贪婪，就会还世界一点公平，也给后代多留一点和平。否则，那些曾经被你用钞票砸下车的优秀子弟，迟早会脱颖而出，不是英雄，就是枭雄。

你的孩子，若只是在智力或名声上被碾轧，说不定还是最好的结局。最怕的是——

他们连同你给的财富和有形的身体一起，被挫骨扬灰，消失殆尽。

让孩子过属于他们自己的生活。就像巴菲特的孩子一样，大部分人并不认识他们是谁，愉快而和平。

　　写完这篇文章，我就释然了。我儿子，我已经把能给的最好的教育给他了，他是个普通人，那就普通吧！我和他都要学会认命。

身在福中该知福

下午接到朋友电话，让我联系一个专家医生，他们从外地远赴上海来看病。

在中国，看病要托熟人，这大概是全世界其他各地都无法理解的现象。我在世界各地生活或旅行，若有疾病，第一想法一定不是去托人找认识的医生，而是直奔医院。我猜想，这也是别国人民正常的就诊途径。

中国存在很多不合理的地方。外地病人生病首先要问全国最好的医生是谁，在哪里，然后长途跋涉，直奔名医。现在对医疗资源的争抢程度远超世界名画或和田玉。奇怪的是，世界名画与和田玉的价格每年翻番上涨，名医被哄抢后却未曾身价倍增。

中国老百姓有个奇怪的观点：看病难，看病贵。

那天我指着菜碟里的雪花牛肉和象拔蚌，问请客的朋友："吃这顿饭要多少钱？"

朋友答："得三千多吧！"

我说："真是奇怪，老百姓隔三岔五去下个馆子买件衣服，花几百不眨眼，为健康买单却嫌贵。想获得优质有效的服务，还不想花钱，这是什么道理？"

朋友答："全世界有多少国家看病是免费的，为什么……"

我说："你举例给我听听，有多少国家看病是免费的，这些国家目前的医疗状况如何？"

我在法国看过病，他们的确分文不收，不过法国在破产边缘好久了。在英国看病也是免费，不过英国穷人赋税高达42%，记住！是穷人。富人更多，所以富豪都移民新加坡了。这样算免费吗？还能撑几年？

在新加坡看病也花费不多，我一般看公立医院，凭身份证不超过20元新币（约合人民币100元），所有检查费、药费都包含在里面——但你记住，这样的治疗方案里绝对不包括新药、好药，只是基本医疗。若享受国家补贴，你去住院，哪怕医院里有现代化的中央空调，在终年炎炎夏日的天气里，国家都把补贴病房的空调给特地拆了不让病人享用，不要跟医院说你快热死了，热死不是医院的责任，热死是因为你没钱买额外的享受。

资本主义的残酷，大概没有公知告诉你们吧?

加拿大的公共医疗饱受诟病，急诊室里不到出人命都不着急，真出了人命也不用着急了。朋友母亲急性阑尾炎发作去急诊，没别的办法，自己捂着肚子干疼，没人过问。那边一堆断胳膊断腿血流如注的还没处理上呢，阑尾炎这种不死人的病，光照 B 超，得排队四个月甚至更久。

朋友的母亲最终是回国开刀的。诊断、住院、开刀、出院，一周内完成，花费人民币不到一万元。

一万元人民币相当于 1600 美金左右。

你知道美国人月缴医疗保险的费用都超过这个数吗?你知道私立医院资深医生问诊费，大约 5 ~ 10 分钟需要300 美元以上吗?

　　最近，一名华人在新西兰被诊所列入黑名单。原因是他在别处开了刀，却去家门口的诊所换药。诊所要收取他45元问诊费，然后才能包扎。他认为这不合理，只是换药，不需要看医生。

　　"你凭啥收我诊费？我只需要护士和药膏纱布。在中国，换药才五毛钱！"他为此大声喧哗。记住，是大声喧哗，还没动手。

　　诊所报警并将其拉黑。新西兰人都表示完全不能理解，你看病，你还讨价还价？

　　在中国，像点坐台小姐一样地点医生，像使唤用人一样地使唤护士，像大爷一样地要求享受服务，却像乞丐一样不愿意掏钱。你知道在世界其他各地都不存在像点菜一样点名让医生看病这种事吗？除非你有钱到真能付得起点名的钱。你开私人飞机吗？你捐了所医院吗？你啥都没有，凭什么想去北京去北京，想来上海来上海？

　　顶尖医生就这么多，医生每天也只有24小时，不吃不睡都贡献给病患，满足得了十几亿人的需求？

你们享用着全球最高效的服务和全球最低廉的医疗，身处幸福却全然不知。

我一个美国朋友最近被家庭医生告知怀疑有乳腺肿块，极有可能癌变，须去专科医院做钼靶，排期是三个月以后。朋友大惊，说如果是癌症，三个月可以发展到晚期了！医生两手一摊，说："你知道，这不是在中国，这是在美国，你除了等，别无办法。"

朋友问有没有什么方法能让她快点检查："我是交了高额医疗保险的！"

医生依旧两手一摊，跟她建议："你要不买张机票去中国看病吧！机票和手术费加一起都低于在美国看病。"

中国未来的问题会越来越多。我猜想国际医疗、跨国医疗产业马上就要建立了。西方发达国家曾经把劳动力密集型产业搬迁到中国，享受中国廉价劳动力带来的利差。最近这种利差已不明显，企业又纷纷外迁了，但医疗的利差还很明显，关键是中国医生的技术水平，已经很高了。很多三甲医院的医疗手段目前已经位于国际先进水平。

　　朋友们，你们不珍惜，自有人珍惜。你们再砍砍杀杀下去，等外资医院在中国布好局，好医生跳槽到窗明几净、环境清雅的地方，不像在菜市场吆喝卖菜一样地给人看病、挤得转不开身、狗一样被追打，一次看病能挣公立医院看十个病人所挣的钱的时候，他们既会态度温和，也会心情愉悦，那些求医若渴的老外，不仅舍得付费，还懂得感恩。

　　那时候，就是你们为今天的抱怨、怒气、出言不逊和动辄打人买单的时候。

哥哥妹妹都去哪儿了？

别误解，说的不是东莞。

过完年去剪发。以前高高在上的发型总监亲自给我干洗，我一度以为他想要我的签名所以拍我马屁，结果一问，说招不到洗头妹洗头弟了，人员工资没有竞争力，活儿还累，小年轻没人愿意来，只能自己干。

我问他现在市场情况如何。

他答："没有到手三千的现金加五险一金加吃住，人家都不来。要是这样一来，核算一下成本，一人一个月得六千。平均每天要洗 25 个以上的头才能保本，我到哪去找这么多头给他洗？而且现在孩子眼皮子浅，都不愿意从基础的活儿干起。洗头是美容美发行业的基础，看似给人冲水抓头皮，其实就是在揣摩头型。头型摸多了上手修剪时才胸有成竹。现在小孩哪愿意出这种苦力，巴不得弄个标配的塑料头上来就剪，两个月就成大师的节奏。第三个月就能承包店面当老板。"

我大笑。问他："你都干了三十年了，为什么不当老板？"

发型总监笑了，说："你问我算问对人了。我以前给人打工的时候嫌钱少，大头给老板挣去了，后来就入股抽成当小股东，入股是要完成业绩的，天天要客人充卡。人家帮你几次，多了就被你吓跑了，好多客人本来是老客户，生生给充卡吓走。再后来嫌冲业绩太累，就自己开个店面。结果水、电、煤、房租、人工摊掉没挣几个钱不算，还要天天担惊受怕，你哪怕生病歇工，员工工资是肯定要发的，房租是按月缴的。以前给人打工还休个年假，自己当老板倒好，年假都没了。心理压力太大，头都秃了，想明白了就找个合伙人，两个人看店时间长点，成本能摊低，结果'分赃'不均，是按剪的头算钱，还是按入的股算钱？我脑子要这么好使，我剪啥头啊！我直接当会计了！后来把店关了，现在就当个剪头师傅，剪一个脑袋赚一份钱。不好意思啊六六老师，最近什么都涨，我正式通知你：你的头，以前五十，现在到九十了！"

我大惊，"大哥啊，你这可翻倍了啊！我作为高级引进人才，收入也没你翻得快啊！你们动辄收入增长100%，我辛苦爬了 N 年的格子，也达不到你们的挥洒方圆！人家可以不看电视剧，我不能不剪头啊！"

我家保姆年后跟我敲定，说："每年工资涨 5%，你说话要算数啊！"

我说话算数。说句实话，涨 5% 都是她给我打折了。她从业多年，经验丰富，人品可靠。你随便登录一个保姆网站，那些初中毕业证书拿不出，健康体检合格证拿不出，菜做不出，家务干不了，还不愿意照顾老人、小孩、病患的，没有任何工作经验都敢提包吃包住三千五以上。合着你拿雇主的钱练手消磨时光啊！

即便如此，依旧保姆难求。年轻姑娘都去饭店端盘子，或者去 SPA 养生美容院服务了；年轻少妇都去洗脚、收银甚至做地产中介了；人到中年，临退休的妇女肯给你干一年半载的还提条件：儿媳生娃了要回去伺候月子，家乡拆迁了要过去抗拆，老公来探望了要允许过夫妻生活……

　　朋友答应年后从云南会泽发香肠来，过了一周没到货，反复催促，答：快递小哥没归位。这都过完元宵节了啊！哥哥妹妹你们都去哪儿了？

　　保姆的闺女暑假来上海探望爹妈，顺道打了份西餐馆的零工，月底就买了一台苹果手机。我们总说现在的孩子不知道未雨绸缪，那是因为他们不需要啊，临口渴，只需挖两锹肯定冒水，一个月跳一次槽都不缺地儿。

　　中国的人口红利已经殆尽，未来的企业领导人，不仅要面临国际社会的竞争，还要面临国内人力资源的竞争。劳动力成本在不断上涨，人员素质却不见提升，连上一辈吃苦耐劳的精神都没有了，这是逼着各种机器人的发明创造加速啊！

敬畏神明，唯有勤勤恳恳

　　去西藏以前，当地朋友告诉我会带我去藏族同胞家里做客。我特意准备了铅笔、小本、糖果之类的作为回礼。

　　去了以后，看见藏族同胞家门口停着比我开的还豪华的越野车，吓得没敢拿出手。

　　朋友笑说我太不知藏族同胞的生活了，大概脑海里还停留在"农奴舔一口糖认为是幸福的滋味"的年代。朋友在藏区做公务员，他自嘲说，若藏族同胞肯雇用他，他一定不会守这点死工资了。我问他藏族同胞为什么这么富裕，他答：虫草。

　　全世界大约有两百多种虫草，但公认等级最高的虫草产于青藏高原雪线以上，西藏八宿地区是最负盛名的虫草产地之一。虫草已被证实具有提高人体免疫力的功效，另外民间还盛传其有延年益寿、返老还童、壮阳滋阴等等未被科学证实却被民间夸大的功用，这部分功用被称作"医学上的笑话，传说中的神话"。于是，虫草的价格从二十年前的几毛钱一根，像吹气球一样被爆炒起来。这里的藏族同胞，每年只工作四十五天，一根中等虫草可卖 50 元以上，略大些的 100 元一根，过完这辛劳的四十五天，他们就抱着成堆的人民币开始一年的享受生活。

以前的藏族同胞，生活的确以清贫著称。这里生活环境恶劣，交通不便，大多数时间因高寒而吃牦牛肉度日，仅夏季有少数几种蔬菜。自打近些年国道、高速修进大藏区，虫草生意日渐兴隆，加上交通方便，他们不仅通了水电，更有了网络，生活与都市无异。又因手里满攥现金，却没受过理财教育，挥霍无度。赌博、吸毒、奢侈品消费等不良风气盛行。

我得知后忍不住替他们可惜，问朋友："能不能替他们介绍个理财顾问，不要让金钱就这样白白溜走，人也回归正常生活？"

朋友说："为什么？他们为什么要相信你的理财？再说了，他们的钱来得如此容易，为什么要节省？这是上天赐予他们的财富，今朝有酒今朝醉，花完了明年地里又会长出来，他们怎么会在意理财这样的事？"

不难听出，朋友的话里隐含着一种担忧。朋友其实是地道的藏族人，大概只有藏族人才会对自己的兄弟有如此深的感情，在我惊叹他们财富来得如此容易的时候，他却在担心他们的未来。

我问他："老天眷顾你们，你担心什么？"

他答："上天不会永远眷顾我们。虫草这东西，以前有，并不等价于财富，大家都不珍惜，没有人尽心去挖，于是农耕畜牧井然有序。自打虫草被炒起来以后，大家像疯了一样只等虫草季。每挖一株虫草，大约要破坏 30 cm × 20 cm 大小的植被。虫草是生长在泥土里面的，你必须得挖开草皮进入土地。你知道这些草皮，要几万年甚至几百万年才能长成现在的厚度吗？这片草皮被挖开，到明年后年就不会再出虫草，挖得越多，草皮轮休的时间就越短。过度挖掘，雪线以上的草皮一年就被翻个遍，它们哪有时间修复呢？"

我问："如此说来，虫草产量岂不是越来越少？"

朋友答："显然啊！虫草产量每年减少20%，价格每年上涨50%都不止。我很担心。"

我说："你担心虫草像兰花、普洱一样被炒爆吗？"

他答："我担心不等到爆，我们国家最大的天然屏障就毁了。这里的高原都是大江大河的发源地，若没了植被保护，以后的河流会怎样？"

他又答："我还怕以后的子孙们没有了生存的能力。他们现在都不愿意放牧，你现在吃的牦牛肉，本地都要40元一斤，因为没人愿意放牧了，放牧多苦啊！一年辛苦到头又不赚什么钱，再过两三代，大概都没有会放牧的牧民了。孩子们躺在安逸窝里守着一堆日渐贬值的钞票，而虫草终有一天会绝迹，他们怎么活呢？"

　　我突然想到：这世界上没有任何便宜可占，任何一代的透支享乐，都将带给后代无穷危机。唯有勤勤恳恳地工作，才是我们敬畏神明的唯一方式。

服务的价值

今天到家附近的宝岛眼镜店配眼镜。

有这个想法缘于昨天开车出门，初夏的阳光刺目，令我不能直视前方。但我印象里多年前专业人士告诉我，漂亮的大镜片墨镜不能配度数。抱着试试看的心态，我就钻进了家门口的店。

没想到店长给我上了一堂生动的服务课。

这位店长长得白白净净，高挑斯文。他得知我要配有度数的墨镜时，先跟我商量要验光。我的确好久没验光了，遂同意。

我发现他有个特点，有点像幼教里遵循的原则：做每件事以前，都先跟你解释下面要做什么，目的是什么。这样的好处是顾客心理有预期，不会一头雾水，而且有被服务的骄傲感。

验光时他特地跟我说，不要配那么高度数，到 1.0 就好。我问他为什么。他一笑，不答。我再接着问，说大家都希望看得更清晰些，为什么不给我配到 1.2 或 1.5。

他很委婉地说："您今年应该四十上下了，我想再过一两年，这个年纪的人有时候看东西会拉远。我提前给您留出了空间。那时候不需要重配。"

我哈哈大笑。他在提醒我，我眼睛快老花了，却说得很巧妙，不伤我青春的心。

到选镜环节，我才意识到他不仅服务贴心，技能更是专业。他先冲我脸端详一阵，再选取几个牌子的眼镜让我试戴。我对着镜子看，每副都不错，问他意见时，他话不多，却准确。

"这副经典，好搭配衣服。"

"这副个性化，看起来显年轻。"

"这副轻薄，贴适感好，但我觉得不符合您的气质，可以弃用。"

　　善于倾听，又不急于推荐，让人很容易接纳他的意见。在我对其中两副拿不定主意的时候，他建议我："您看您是想强调您的与众不同，还是强调您的书卷气质？"我最终选择了"与众不同"。

　　女性有时候很难伺候，即便选定了还要不甘心地去多试几副。我不得不赞叹他的准确，他没拿来的眼镜，有些即使看起来样式不错，可就是不适合我。

　　好奇问他从业时间。他说在宝岛已经工作十几年了，从最初打扫卫生到现在担任店长。

　　我大惊！在现在如此浮躁的社会里，能潜下心来做实一门专业的人越来越少，而你不得不承认，术业有专攻，买眼镜都能让你感受到高品质服务的享受！

　　看他年纪轻轻，也就三十出头，可见他并不是本科以上学历。很多服务行业，并不需要多高的学历，却需要俯下身子虚心学习，耐心体会，认真琢磨。与人打交道的技巧，和顺而不卑的态度，让顾客短时间内折服于你的服务，这不是书本能够给予你的，而缘于岁月的沉积。

因为他没有给我消费的压迫感，突然就把我紧凑的一天给聊成恬淡了。我跟他聊天："女人把对包、对衣服和对鞋的消费，变成精神寄托的一种，但很奇怪，很少有人把眼镜消费当成精神寄托，你不觉得这块市场还有很大空间吗？"

他也笑答："最近这个趋势起来了，很多女孩子不把戴眼镜仅仅用作功能，也会用来遮黑眼圈、配服饰。北上广这些国际大都市尤为明显。您现在还停留在买化妆品或买衣服舒压上，以后就会慢慢多一个买眼镜的选择。"

我大笑，说："认识你以后，真的有可能了。我猜你的回头客会很多。"

他突然就傲娇了："我的店，百分之八十以上是回头客，剩下的百分之二十，是回头客带来的朋友。"

这就是一个优秀服务员的价值。

我特地找朋友打听了一下，宝岛一个店长的年收入不超过十万元。这是一个从业 10 多年的人的报酬。

我猜想，这就是中国服务业总体水平不能跟上经济发展需要的原因。因为大家对专业的服务本身给予的认可度太低。

　　如果有一天，优秀的服务从业者得到的收入与其给予顾客的享受相称，我猜，我也会去做服务生。

别让世俗拉低孩子的品格

　　在朋友圈经常看到家长给小朋友拉票，诸如学校活动评比、幼儿朗诵比赛、班级厨艺比拼等。家长会明确指定票投哪里，如果是多选，便要求把其余票给目前得票数较少的，以免引发竞争关系。

　　这个问题是我弟媳妇开的头，她热衷于各种参赛投票，我刚开始出于情面，帮忙宣传拉一下票，当发现因为粉丝的力量和朋友圈交友的广泛，我有可能改变这次比赛结果的公平的时候，我开始思考。

　　到我自己儿子的时候，我就不参与了。

　　我曾经跟儿子一起观赏过他们学校的画展，说实话，在一群卓越而有天分的孩子面前，我儿子的画毫无优势可言。我觉得他画得好，只因他是我的孩子，从公正客观的角度，我不能让我的朋友们帮着一起爱或者间接害我的小孩。

我换了另一种方式与儿子交流。

我问他："你觉得你画得好吗？"他点头。

我说："除了你以外，还有谁画得好？"他会选出两三幅。大众的审美标准基本趋同，优秀是显而易见的。我和儿子一起欣赏他人的作品，儿子会忍不住赞美别人画得如此美丽，然后感叹自己没有这么高的水平。

我跟他说："学会欣赏、仰慕和赞美，也是美德。拥有好的德行的人，即使没有什么特长也会被大家喜欢、接受。"

任何一次比赛，其目的就是选拔优秀。我们不可能在人生的每一场比赛中都胜出。即使胜出了，如果你不是乔丹，你不是马友友，你不是毕加索，你也依旧只是流星划过天空。我看过无数场自行车赛，仍旧无法将很多骑手的脸与名字对应得上，但我却记住了一个伟大的画面：一名骑手在一路领先的情况下，在离终点不远处，车胎爆了，于是扛起自行车向前飞奔。在他的身后，第二名默默慢行跟随，绝不趁机超越。最终，二人携手越过终点。这大概是我见过最美的比赛画面。除了更高、更快、更强，我们还有终极目标，那就是发现人性的光辉。

金牌易得而一生知己难求。

教育不是年年得一百分最终进入哈佛，教育不是每次都不会发生错误，教育不是让你成为全省状元，教育是植入骨髓的高贵，是危急时刻的镇定，是对社会乃至人类的关怀。这些，不是文凭或者任何技巧可以替代的。

我们把十二年基础教育中，太多的时间和精力花在了"术"的精深上，而忽略了"道"的广博。

我们是成年人，我们中相当一部分是有成就、有影响力的成年人。我们呈现在孩子眼里的样子，就是这个世界现在的样子。我们渴望公平、美好、正义，却带领孩子做着抄小道、拼社会关系、走后门的事情，你觉得他们会创造出我们渴望见到的美丽世界吗？你让那些没有社会关系、凭自己努力的孩子如何面对这残酷得不留一点希望的社会？他们会擦干眼泪，相信这个社会原本就是丛林，到处都是陷阱，只要有机会，就不遗余力地"厚黑"。

我们就这样一代一代远离梦想。

我曾经跟一个母亲探讨过这个话题。

她说："可是，别的家长都是这么做的。"

我说："是的，但是我不做。我不能改变别人影响他们的孩子，但我想让我的孩子成为有大格局、有理想和有信念的人。我于是就要为之努力。"

不要让世俗拉低孩子的品格，和而不群才是我们的方向。

我们不能保证孩子未来伟大，但通过正确的教导，至少能让他们远离渺小。

做一个懂事的成年人

最近生活中出了一件大事，一直为此揪心。

前段时间我刚落地上海，中欧同学把我电话都要打爆了，大家通知我快去寻医，因为一个同班同学突发脑溢血紧急送医院了。

我慌里慌张跑到医院。那个平日里说说笑笑、西服革履的英俊男人躺在重症监护室的床上，头已被剃光，准备接受开颅手术。

医生反复提醒我们，要想清楚这一刀开还是不开。

"即使开刀，将来也只会成为一个不能尽任何责任的人，还需要所有人的照顾，你们可能会后悔。"

你如果看到走廊上坐着的那个满头白发的八旬老人，由于高血压而面色潮红，努力克制自己的焦虑，那个幼儿不知发生了什么还在旁边高兴地蹦跳，那个几次泪水即将溢出眼眶却还坚强地忍着的年轻妻子，你就知道能说出"不救"二字的才是人间硬汉。

这一刻，要是不救，就不知道还要衍生出多少"猝不及防"。

然后，我们竭尽全力。然后，我每天奔波在去重症监护室的路上。

你如果沮丧落魄，你如果志得意满，你如果遭遇挫折，我建议你去重症监护室转一转。

你会看见什么是一脚踏阴一脚踏阳，你会知道生命之脆弱，你活着或是死去都不由你决定，那些不可撤除的仪器才是你的主宰。躺在床上的人，进食全靠鼻饲，用胃管直接将食物送进胃中。有些人气管被切开，还有各种引流管在奋力排出不属于他们身体的垃圾。

而躺在床上接受治疗的那个人，你并不知道他是痛苦还是毫无知觉，也猜不出他醒着时候的职业，想象不出他未来自己走出病房的可能性。而最痛苦的，不是床上接受治疗的人，却是重症监护室门外徘徊不走，四处筹钱，不知明天怎么过和不知自己究竟该坚持还是放弃的亲友。

我见过好几个病人，他们不是没有治愈的可能，甚至恢复的希望极大，可是一天一万打底的治疗费用，足以让他们难以为继，从而面临一旦拔管生命随时消失的危险。是家人太恶毒？你觉得多少家庭能支撑一个月五十万的治疗费用？是医院太冷血？如果医院是慈善机构，你知道有多少没有质量的生命可以一直耗下去？

谁都不怨。

如果你是那个躺在床上生死由他人决定的人，你谁都不能怨。你只能怨自己。

我们天天谈社会责任、家庭责任，我们有纳税义务，我们有"传帮带"义务，我们有抚养孩子、赡养老人的义务，其实我们所有的责任和义务里，第一要务就是照看好自己。不管你在公司里是什么职位，在学校里带多少学生，家里房贷得几十年还清……你自己一躺下，所有责任义务都灰飞烟灭，你的不能自理还会拖累家庭。

所以,我们谈责任,首要责任就是善待自己,关爱自己。

你做到"食饮有节,起居有常"了吗?工作太多完不成,于是加班加点熬夜,伤了身体,未来要是躺在重症监护室里,加班费够用吗?不够!不够你就要重新算账。

朋友客户再重要,你为陪他们喝酒抽烟,日后躺在重症监护室里,他们负责你继续插管的医疗费用吗?如果不能,这样的朋友最好少交。

身体只有一个而欲望那么多,你平衡好了吗?

过有节制的生活,听健康箴言。早起早睡,适量运动,饮食少油盐、低热量,不生气不纵欲,每天称体重量血压,不舒服不要硬撑,不过花天酒地的生活。几十年如一日地节制,会让你到老都有生活自理的能力,不必四处求医,身体不用像装拉链一样东挨一刀西挨一刀。

说到底,不给别人添烦忧才是最大的责任。

做一个懂事的成年人,若有余力,再干点有意义的事情。

不多说了,我辟谷去了,瘦一点,万一瘫了,秀才也抬得动我。当然最好不瘫。

图书在版编目（ＣＩＰ）数据

只有岁月不我欺 / 六六著 .-- 武汉：长江文艺出版社，
2018.5

ISBN 978-7-5702-0327-7

I. ①只… II. ①六… III. ①随笔 - 作品集 - 中国 - 当代 IV. ① I267.1

中国版本图书馆 CIP 数据核字 (2018) 第 057461 号

只有岁月不我欺

六六 著

选题产品策划生产机构 | 北京长江新世纪文化传媒有限公司

总 策 划 | 金丽红 黎 波 安波舜

策划编辑 | 张 维 白进荣

责任编辑 | 张 维　　　　装帧设计 | 郭 璐　　　　媒体运营 | 刘 峥

助理编辑 | 白进荣　　　　内文制作 | 张景莹　　　　责任印制 | 张志杰 王会利

法律顾问 | 张艳萍　　　　版权代理 | 何 红　　　　版式设计 | 任尚洁

总 发 行 | 北京长江新世纪文化传媒有限公司

电　　话 | 010-58678881　　　　　　　　传　　真 | 010-58677346

地　　址 | 北京市朝阳区曙光西里甲 6 号时间国际大厦 A 座 1905 室　　邮　编 | 100028

出　　版 | 长江出版传媒　长江文艺出版社

地　　址 | 湖北省武汉市雄楚大街 268 号湖北出版文化城 B 座 9-11 楼　　邮　编 | 430070

印　　刷 | 三河市兴博印务有限公司

开　　本 | 787 毫米 ×1092 毫米　1/32 | 印　　张 | 8.5

版　　次 | 2018 年 5 月第 1 版 | 印　　次 | 2018 年 5 月第 1 次印刷

字　　数 | 120 千字

定　　价 | 48.00 元

盗版必究（举报电话：010-58678881）

（图书如出现印装质量问题，请与选题产品策划生产机构联系调换）